ミラーワールド

椰月美智子

角川文庫
24234

目次

プロローグ

原杉(はらすぎ)中学校女子テニス部の活動が終わったのは、午後五時三十分だった。

「じゃあ、また明日(あした)ね」

部長の亜矢(あや)先輩が言い、ありがとうございましたあ、と二年生全員で声をそろえておじぎをし、テニスコートを出た。

新学期。日は徐々に長くなっている。希来里(きらり)は、同級生部員たちと帰路についた。新一年生の入部は来週以降なので、今は二、三年生だけで気楽に活動している。三年の先輩とも仲が良くて、とても居心地のいい部活だ。

先週の他校との練習試合では、テニス部全員が見事に負けた。ダブルスも全滅だった。あまりのへっぽこぶりに、悔しさよりもおもしろさが勝ってみんなで大笑いした。

「あー、お腹空(す)いたあ！」

「今、めっちゃ、たこ焼き食べたい！」

「わたし、ショートケーキの一気食い！　こうやって持って、口にこう押し込むの」

「なにそれえ！　わたしはポテチのピザポテトを流し込みたい。あー、お腹減った」

みんなで食べたいものを話しながら、あっちにぶつかりこっちにぶつかりしながら、お腹が空いたというわりに、のろのろと歩いた。

「あっ、確かうちにピザポテトあった」

学校からいちばん近い家に住んでいる紗那が言った。

「食べたいっ！」

声がそろう。

「ちょっと寄って行く？」

「寄ってくー！」

五人の仲間が手をあげた。原杉中学校女子テニス部員二年生の五人は、紗那の家にお邪魔することになった。希来里が紗那の家に行くのは、今回で二度目だ。紗那の部屋はとてもかわいくて、希来里はひそかに憧れている。机もタンスもドレッサーも白色のアンティーク調でそろえてあって、置いてある雑貨もかわいいものばかりだ。

「お邪魔しまーす！」

紗那がただいま、というより先に、みんなで一斉に挨拶をした。おもしろくておかしくて、玄関先で爆笑となる。

「あらあら、こんなに大勢でどうしたの」

紗那のお母さんが出てきて、目を丸くする。

「ピザポテト食べにきましたー」

由真が大きな声で言い、またみんなで爆笑した。六畳の部屋に六人。肩が当たる距離でゲラゲラ笑いながら、ピザポテトを食べた。ピザポテトは瞬く間になくなって、どんだけ腹減りよー、と言いながら、またみんなで笑った。そのあと、紗那のお母さんがジュースとクッキーを出してくれた。

時計の針が六時四十分を指したところで、みんなで紗那の家をあとにした。外はもう暗い。

「バイバーイ、また明日ね」

「うん、じゃあね」

分かれ道で手を振る。希来里の家は、五人のなかでいちばん遠い。

「バイバイ、希来里」

「まひる、バイバーイ」

四月とはいえ、日の入りあとはまだ寒い。一人になったとたんに風がつめたくなったような気がして、希来里は首をすくませて家路を急いだ。今日の夕飯はなんだろう。ハンバーグかから揚げがいいな。最近お腹が空いてしょうがない。ダイエットしたいけど、おいしいものの誘惑には勝てない。

角を曲がったとき、パーカーのフードをかぶった男が立っているのに気が付いた。この辺りは住宅街だけれど、街灯がほとんどなくて道が暗い。希来里が遠慮がちに男を追い越したとたん、背後で男が歩き出す気配がした。嫌だなあと思いながらも、あからさまに避けるのも悪い気がして、気付かれない程度の早足を試みた。

他には誰もいない。遠くの大通りから車が走る音が聞こえる。早く家に帰りたい。希来里は足を速めた。すると、うしろの足音も速くなった。うそでしょ。やだ。怖い。気持ち悪い。希来里は全速力で走り出した。うしろの足音も走り出す。怖い。なに。やだ。怖い。

突然、背中にものすごい衝撃があった。気付いたときにはアスファルトに倒れていた。アスファルトのひんやりとした冷たさとこすれたときの痛さで、右頰が燃えるように熱い。なにが起こったのかわからない。起き上がろうとしたら、腕をつかまれ引っ張られた。パーカーの男だった。引きずられるようにして、小さな公園に連れて行かれる。

「……やだ、ちょ、ちょっと、やめてくださいっ」

足を突っ張って声を出した瞬間、頰を張られた。口のなかが切れたのか、鉄の味がした。強い力で引きずられる。いくら腰を落として重心を下げても、男の力にはかなわない。公園の小さなトイレ。おしっこの匂い。吐き気がこみあげる。

制服に手をかけられ、希来里は力いっぱい声をあげ、手足をばたつかせた。そのたびに男に殴られた。殺されると思った。こうして人は殺されるのだと。

それでも希来里は精一杯抵抗した。身体が勝手にそうしていた。なにも考えられなかった。でも頭のどこかでは、今自分に大変なことが起こっていることだけはわかっていた。とてもとても凶悪で凶暴なことが、自分の身に起こっていることを。

暴行後、男は逃げていった。殺されなかった、と希来里は思った。

頭がくらくらして、前後左右上下があやふやな感覚だった。希来里は下着をつけ制服のボタンを留め、スカートの前後を確かめた。服を着るときの習いでそうしただけだ。

それから、無意識に自分の荷物をかき集め、暗く湿ったトイレを出た。希来里はほこりを払うように全身をはたき、家に向かって歩いた。そこらじゅうが痛く、身体中が熱を持っているようだった。

門扉のところでお母さんが立っているのが見えた。帰宅の遅い娘を心配して、外に出ていてくれたらしい。

「希来里」

希来里に気付いて、お母さんが手を振った。

お母さん、お母さん、お母さん！

そうだ、わたしはお母さんに会いたかったのだ。お母さん、お母さん、お母さん！

声にならない。走り出したかったけれど、足が思うように動かず、心のなかで、お母さんお母さん、と叫びながら歩を進めた。家はすぐそこにあるのに、お母さんはすぐそこにいるのに、ぜんぜんたどり着けない気がした。誰かに追われて足が空回りする夢の続きみたいだ。

「希来里、早くいらっしゃーい。どこに行ってたの。まったく、心配したわよ」

お母さんが笑って手を振る。

お母さん、お母さん、お母さん。大変なことが起こったの。ものすごく怖かったよ。ものすごく痛かったよ。殺されると思ったよ。たくさん殴られて、ひどいことされたよ。

お母さん、助けて。

母が希来里に向かって、ゆっくりと歩き出した。走り出したいのに、希来里の足どりは気持ちと反比例するみたいに遅い。

「希来里？」

希来里を見つめる母の顔色が変わる。

「希来里っ！」

母が走り寄ってくる。

「……お、か、あ、さん」

ようやく声が出た。

母に抱き寄せられた。こんなふうにされるの、小学生以来でちょっと恥ずかしいな。そんなことを頭の片隅で思いながらも、流れ出る涙は止まらなかった。

ねえ、なんでこんなことが起こったの？　なんでこんなひどい目に遭わされたの？

これが現実なら、こんな世界いらない。最低最悪の世界線。消えてなくなれ。

1

今日もAくんはかっこいい。もし芸能界に入ったら、絶対に人気爆発間違いなしだと思う。いや、でもAくんが芸能人になったら、それこそ本当に手の届かない人になってしまうから、やっぱりこのままがいい。

見ようによっては寝癖のようにも見えるけれど、あれはきっとさりげなさを装った、計算された髪型に違いない。だって、どこから見てもキマってる。寝坊なのか寝不足なのか、いつもより少し腫(は)れぼったい瞼(まぶた)がかわいい。Aくんには、かわいさとかっこよさが半分ずつ同居している。

おはよう、の挨拶は今日もできなかった。いつか、当たり前に「おはよう」や「バイバイ」が言える関係になれたらいいな。

【池ヶ谷良夫】

青は、今日こそ心を開いてくれるだろうか。良夫はそんなことを思いながら、青空教室の窓から見える、九月の青空を見ていた。今日は、青が好きだというキャラクターの塗り絵を印刷してきた。

「池ヶ谷先生、こんにちは」

四年生の莉茉だ。学童指導員は教師ではないが、児童は先生と呼ぶことが通例となっている。

「こんにちは、莉茉さん」

「こんにちは、池ヶ谷先生」

続いて、四年生の隼斗が来た。

「こんにちは、隼斗さん」

次々と子どもたちがやって来て、良夫は一人一人と挨拶を交わす。はきはきと挨拶する子もいれば、ただこちらを見るだけの子もいる。一人を除く全員がそろったところで、良夫は廊下に出た。

「青さん、こんにちは」

少し声を張る。青は廊下の向こう端から、柱に隠れるようにして上目遣いで良夫を見ていた。良夫は青のところまで出向き、行こう、と声をかけた。青はしぶしぶといった体で、良夫のあとをついてきた。

「『呪術廻戦（じゅじゅつかいせん）』の塗り絵があるよ」

良夫の言葉に、青の目がほんの一瞬大きくなる。

「あとで一緒にやろう」

やさしく声をかける。

「……ジジイ」

「は？」

「クソジジイ！」

そう叫び、青は良夫を置いて青空教室に入って行った。

はあーっ。大きなため息が自然と出る。

青空教室というのは、明知（あけち）小学校の学童保育のことで、青というのは、青空教室に通う二年生の女子児童の名前だ。神崎（かんざき）青。通常のクラスに通っているが、タケノコに移る可能性もあると聞いた。タケノコというのは、各学年に設けられている特別支援学級のことだ。青は授業中落ち着いて座っていることができず、教室を飛び出してしまうことがたびたびあると聞いた。

ふと青を見ると、ランドセルもおろさずに一人で人形遊びをしている。ミニカーにシルバニアファミリーのうさぎを乗せてテーブルの上を走らせ、勢いよく床に落下させるということを繰り返している。良夫はその行動の意味をさぐろうとしたが、低学年にはよくある遊びだと思い直す。

「池ヶ谷先生、見て見て。百点とったよ」

莉茉が、今日返してもらったという算数のテストを掲げる。

「おお、すごいじゃない。やったね」

良夫はそう言って、莉茉とハイタッチをした。学童保育は一年生から四年生までなので、莉茉は青空教室では最高学年となる。発言力があり、しっかり者の莉茉は、青空教室のリーダー的存在だ。自ら進んで宿題の問題を解いているのは隼斗。面倒見のいい隼斗は、やさしい口調で低学年の子の宿題を見てやっている。

「いたっ」

思わず声が出た。青がミニカーを良夫の背中に投げつけたのだった。

「青さんっ！」

その様子を見ていたらしい田島さんが青にかけ寄り、そんなことをしてはいけない、と叱責する。田島さんも良夫と同じく学童指導員だ。

「……ハゲ」

ぼそりと言った青の言葉に、田島さんの顔は見る見るうちに赤くなった。ヒゲのあとが青々しく、腕にもフサフサと毛が生えているが、田島さんの後頭部はかなり薄い。

「……なんだって？　今なんて言った……？」

わなわなと頬の肉が震えている。

「まあまあ、田島さん。落ち着いてください。わたしは大丈夫ですから」

良夫は、今にも青につかみかからんばかりの田島さんを制した。

「ってかさ、この子。どう考えても学童なんて無理でしょ。親は一体なにしてるんだ」

わざと青に聞こえるように言う田島さんを目で制し、良夫はすぐさま青に向き直って、大丈夫だからねと声をかけた。

「まったく、池ヶ谷さんが甘いから……」

良夫は田島さんを無視して、青にミニカーを返した。

「青さんは、塗り絵をやりたいんだよね。はい、これ、どうぞ」

Ａ４サイズの紙に印刷した「呪術廻戦」の塗り絵を渡すと、青は奪い取るようにして、色鉛筆で色を塗りはじめた。

四時からは、運動場を使っていいことになっている。運動場では、いったん家に帰ってから遊びに来た児童や、明知地区のサッカークラブの子たちが練習している。青空教室からサッカーの練習に参加する子どももいる。隼斗もそのうちの一人だ。すっかり身支度を整えて、サッカーボールを蹴っているのが窓から見える。今日は田島さんが屋外の担当なので、良夫は教室に残った。

青は塗り絵に集中している。一色で塗るようになっている小さな空白にも三色の色鉛筆を使っている。枠からはみ出すことなく、きっちりと塗る。小学二年生で、ここまでできる子は少ないのではないだろうか。これも一種の才能だと良夫は思う。

青の家はシングルファザーだ。学童のお迎えはいつも六時半ギリギリで、かなりの頻度で刻限を過ぎることがある。

「父親のくせに信じられないな。だから青さんがあんなふうになるんじゃないか」

青の父親が遅れるたびに、田島さんはそう口にする。田島さんのところの一人娘は、有名大学に通っていると聞いた。それまでずっと専業主夫だった田島さんは、娘さんの大学入学を機に学童指導員として働くことにしたそうだ。社会に貢献したいと言っていた。ボランティア精神は大事ですよ、としょっちゅう口にする。

学童指導員はボランティアではない。もちろん給料はもらっているし、大切なお子さんを預かる立派な職業だ。なにより、働くお父さんのための、誇り高き仕事だと良夫は思っている。

「ぼくの妻はIT企業に勤めていて部長にまでなったんです。五十三歳になった今でも第一線でバリバリ働いていますよ」

田島さんの家族自慢は聞き飽きたし、そのついでといった感じで、「池ヶ谷さんのところは息子さん二人ですよね。男の子は育てやすいでしょう？　うらやましいですねえ」と、付け足すところもモヤモヤする。

男の子は育てやすくて、女の子は育てにくい？　誰がそんなことを決めたのだろう。なにも考えずに親世代からの口伝えを声に出す、田島さんのような人の多さにも閉口する。

運動場では、田島さんが低学年の子の鉄棒を補助している。ここ四階の窓からでも、田島さんがキンキン声で指示を出しているのがわかる。なぜ至近距離なのに、大きな声を出す必要があるのだろうか。良夫は、田島さんが苦手である。

五時半を過ぎ、お迎えの保護者たちが次々とやって来た。青空教室は六時半までだ。青以外の児童は全員迎えが来て帰宅した。今日もまた、青だけが残っている。

「青さんのお母さんは、男を作って出て行ったらしいね」

田島さんが耳打ちする。ほんの小さい声だったけれど、青がいる教室でそんなことを口にすること自体、信じられなかった。

「わたしが残りますから、田島さんはどうぞ先に帰ってください」

「そう？　いつも悪いですねえ」

田島さんはまったく悪く思っていない態度で、さっさと帰っていった。

「お腹空（す）いたね」

良夫は青に声をかけた。青は良夫の声も聞こえないのか、集中して塗り絵に取り組んでいる。

夕食は用意してきた。今日はカレーだ。朝から煮込んできたからおいしいはずだと、家のキッチンを思い浮かべた瞬間、あっ、と声が出た。しまった！　炊飯器のタイマーを押すのを忘れた！　時刻はもう七時になるところだ。高校一年の長男の耕介（こうすけ）は、今日は部活だ。そろそろ帰宅する頃だろう。

中一の次男、俊太は書道教室。六時半には家を出なくてはいけないから、もうすでに家にはいないはずだ。いつも書道教室の前に軽く食べていくけれど、稼働していない炊飯器に気付いてくれただろうか。早炊き設定で炊いて、食べてくれていたらいいのだけれど。妻も、もう帰宅している頃だ。

誰かがスイッチを入れてくれたとは思うが、どうしても気になってしまい携帯電話を手にとった。自宅の番号を呼び出そうとしたところで、教室の電話が鳴った。

「はい、明知小学校、青空教室です」

「あ、もしもし。お世話になっております。神崎です」

青の父親だ。

「今どちらですか」

「すみません！　まだ会社なんです」

「えっ」

「さっき父に連絡したので代わりに行ってもらいます。本当にすみません」

「そういう連絡は、早めにお願いします」

良夫は学童保育の決まり事について話そうとしたが、青の父親は「すみません」と言い、通話を切った。自然とため息が出る。

「青さん、今日はおじいちゃんのお迎えだって」

青に告げると、青は顔を上げてこくりとうなずき、そそくさと塗り絵を片付けはじめた。ちゃんと聞いていたらしい。青はおじいちゃんのことが好きなようだ。

それから間を置かずに呼び鈴が鳴り、青の祖父が迎えに来た。遅くなって申し訳ありませんと深々と頭を下げ、青の手を引いて帰って行った。

すぐに良夫も教室を出た。立ちこぎで自転車のペダルをこいで家路を急ぐ。

「ただいま」

ドアを開けリビングに入った瞬間、まったくさー、と妻の由布子(ゆうこ)の不機嫌な声が届いた。

「お腹ぺこぺこで疲れて帰って来て、さあ夕飯、って思ったら、ご飯が炊けてなくてがっかりよ。一体どうなってんの」

「悪かった。タイマーするの忘れてしまって。俊太は?」

「いないわよ」

由布子が不機嫌に答える。そんなことはわかっている。

「俊太はなにか食べていったか?」

耕介にたずねるも、まだ制服姿の耕介は、

「今帰ってきたばっかりで知らないよ。俊太には会ってないし」

と口をとがらせて言った。

「あー、お腹空いた。ほんとがっかり」

妻がぼやき、なんか食べるものない？　と冷蔵庫を開け、良夫が答える間もなく、ちくわの袋を取り出してその場で封を開ける。

「もうすぐ炊けるんだから、少し待ってなよ」

「待ってられないから食べてんのよ。ついでにビールも飲んじゃお」

良夫の言葉に耳を貸さず、由布子はちくわをつまみにビールを飲みはじめた。由布子に勧められるがまま、耕介もちくわを食べはじめる。良夫は大きなため息をついた。

未開封だった食パンの封が開いており、数枚が減っていた。俊太が食べていったのだろう。

「ったく、なんでわたしがバレー部の顧問なのかなあ。バレーなんて、中学のときの体育の授業以来やったことないっての」

由布子が大きな声を出す。由布子は公立中学校の音楽教師だ。良夫も以前は公立中学で社会科を教えていたが、耕介が生まれたときに教師を辞めた。教師の仕事はおもしろかったが耕介の預け先が見つからず、たとえ見つかったとしても生まれたばかりの幼子を親元から離すのは忍びなかった。

良夫の両親も教師だった。良夫が仕事を辞めたとき、父はたいそう残念がった。子どもの頃から、手に職をつけろとさんざん言われてきた。

トマトを切ってレタスをちぎりサラダを作ったところで、ご飯が炊けた。耕介は勢いよく食べはじめたが、由布子は、なんだかお腹がいっぱいなどと言って、カレーには口をつけず、サラダをちょこちょことつまんでいるだけだ。そのうちにチョコレート菓子を出して食べはじめている。

「身体に悪いぞ」

「身体より、精神的安定のほうが大事だから」

良夫はそれ以上言うのをやめ、妻から顔をそむけた。

「サッカーはどうだ」

気を取り直して、二杯目のカレーを食べている耕介にたずねる。

「三年が引退したから、今度から試合に出られることになった」

「よかったな」

「まーねー」

耕介は去年、反抗期甚だしかったが、高校に入ったら驚くほど落ち着いた。高校の水が合っているのだろう。目下の問題は次男の俊太だ。中学生になったとたん、目に見えて態度が悪くなった。身体も一気に大きくなってきたので、大人への過渡期だとは思うが、男の子が育てやすいなんて誰が言ったんだと改めて思う。その根拠を教えてほしい。

夏休み前の三者面談で、良夫が家庭での俊太の様子を先生に伝えると、先生は驚いた様子で、俊太の顔を見た。

「学校ではそういうことは一切ないですよ。授業中に寝ていることはたまにありますが、誰にでも公平で正義感が強く、クラスを引っ張っていってくれる頼もしい存在だと思っています」

授業中寝ているのは頂けないが、良夫は先生の言葉に胸をなでおろした。外で悪くて家庭でいい子ちゃんでいるよりかは、ぜんぜんいい。

良夫は、去年から学童指導員として働きはじめた。十五年ぶりに働きに出たことと、俊太の反抗期とに因果関係はないと思っているが、良夫の両親に言わせると「ある」のだそうだ。

良夫が教師を辞めないでずっと続けていたとしたら、子どもたちは自然と自立心が育まれ、親に反抗するようなことはなかったのではないかと父は言う。男でも、しっかりと社会に出て稼ぐことが大事だという姿勢を見せるべきだったと。

確かに、共働きの両親のもとで育った良夫は、俊太のように父親に向かって「クソジジィ」などと言うことはなかった。けれどそれは両親が共働きだったからではなく、三つ上の姉が良夫より先に盛大にぐれていたからだ。長いスカートをひきずり髪を爆発させ、当時流行っていた女子プロレスラーのようなメイクをし、無免許のバイクを走らせ、暴走行為で何度も補導された。両親、特に父は苦労したと思うが、女は仕方ないと言って、頭を振るだけだった。

一方の母は、良夫が夕食の時間になるまで働く学童指導員などをはじめたせいで、家事がおろそかになったことが俊太の反抗の原因だと言う。自分たちだって共働きだったじゃないかと良夫が反論すると、それは生活が苦しかったからだと答えた。困窮している親戚（しんせき）がいて、仕送りをしていたそうだ。それさえなかったら、夫には家に入ってもらいたかったと母は言った。

なによりも、男は家庭をいちばんに考えろと母は言う。由布子さんの言うことをよく聞いて、由布子さんが気持ちよく外で働けるためにサポートしなさい、と。いまだにそんなことを平気で口に出す母に、良夫は辟易（へきえき）している。「良夫」という名前を付けたのも、母の一存だったと聞いた。

母が教壇に立っていた時代は、残念ながらそういう考えがかろうじて成り立っていた時代だ。良夫の学生時代に、男にも権利を、なんて言葉は聞いたことがなかったし、たとえそんな言葉があったとしても、良夫の耳には届かなかったし、届いたとしても当時は深く考えなかっただろう。

男の権利などというものを考えはじめたのは、結婚して子どもができてからだ。夢だった教師をあきらめ、家事と子育てに費やしてきた十六年間。子育てはたのしかったが、日常のさまざまな場面で理不尽な目に数多く遭ってきた。男というだけで嫌な目に遭ったことを書き連ねていったらキリがない。

由布子は一本目のビールを飲み終わり、いつの間にか赤貝の缶詰を出してつまんでいる。

「これ、おいしいね。パパ、この缶詰また買っておいてよ」

「今日の朝、あなたがカレーがいいって言うから、カレーにしたんだけど」

「なにそれえ。人は気が変わる生き物だから仕方ないよねー。ほんっと、パパって心が狭いよね」

由布子はそう言って立ち上がり、トイレトイレ、と言わなくていいことを口にして、良夫の横を通る際に、小さい子どもによしよしとやるように頭をポンポンと触った。良夫はとっさに避けたが、避けきれなかった。瞬時に顔が熱くなる。

「そういうこと、二度としないでほしいと前に言っただろっ」

「はあ？　そんなに怒らないでよう。頭ポンポンがそんなに嫌なのお？　パパって、へんなの」

そう言って今度はあごを触ろうと手を伸ばす。良夫は妻の腕をバシッと払った。

「いったーい、これってＤＶだよねえ。おお、こわっ」

由布子はニヤニヤと笑っている。良夫は由布子をにらみつけたが、由布子はおもしろそうにニヤつくだけだった。

「やだっ、遅刻じゃない！　なんで起こさないのよっ！」

由布子が二階からドタドタと下りてきて、怒鳴るように言う。

「何度も起こしたさ。大人なんだから自分で起きろよ。耕介も俊太もアラームかけて、自分で起きてる」

「もう間に合わないっ！　遅刻したらあんたのせいだからね！　もうっ、朝ご飯食べる時間もないじゃない！　貧血で倒れたらどうするつもりよっ！」

洗面所で歯磨きや洗顔をしながら、口が開くタイミングで文句を言ってくる。良夫はもういいかげん、由布子を起こすのはやめたのだ。なぜ忙しい朝になんべんも二階へ行って、いい歳をした大人を起こさなければならないのだ。朝食の準備をして、耕介の弁当を作るだけで手一杯だ。

「車のなかで食べていくからおにぎり作って！　急いで！」

良夫は大きくため息をつきながら、おにぎりを握った。大きな塩むすびをひとつラップに包むと、由布子は引ったくるようにしてつかんだ。

「おいっ、ゴミ出し」

「うるさいっ！　そんな時間ないわよ！　バカじゃないのっ！」

叫ぶように言って、由布子は出て行った。良夫は、出すだけにしておいた指定のゴミ袋を見てため息をつく。今日は燃えるゴミの日。ゴミ出しは由布子の仕事だ。家のすぐ隣がゴミ置き場だというのに、こんな簡単なこともできないのかと、怒りを通り越して悲しくなる。

ゴミをこの状態にするまでに、良夫は各部屋からゴミを収集し、風呂場(ふろば)や洗面所、台所の排水口を掃除し、髪の毛やら生ゴミやらを処分するという面倒な作業をしたのだ。それに比べれば、ただのゴミ出しなんてアホみたいに簡単だ。

「ほんっと、朝からうるせーなー」

それまで黙って朝食を食べていた俊太が口を開く。耕介は朝練があるので、とっくに出て行った。

「お母さんってマジうぜえ。お父さんもさ、あいつにおにぎりなんか作ってやらなくていいのにさ」

「お母さんのことを、あいつなんて言うなよ」

俊太はなにも答えずに席を立って、食べ終わった食器をシンクに運んだ。反抗期とはいえ、決められたルールを守る俊太は、由布子よりよほど大人だ。昨日は書道から帰ってきて、黙々とカレーを平らげた。

「今日は部活あるのか？」

俊太はバスケ部だ。

「……うざい。おれにしゃべりかけないでくれる？」

すぐにこうだ。うざい、うるさい、のオンパレード。けれど、憎まれ口を叩きながらもきちんと食器は洗っている。耕介も自分が食べた分はちゃんと洗ってから出て行った。自分で使った食器を洗わないのは、トイレで用を足したあと拭かないのと一緒だぞ、と子どもたちには言ってきた。この家で、自分が使った食器を洗わないのは由布子だけだ。きっと尻も拭いていないのだろう。

俊太を送り出したあと、良夫は新聞を読みながら朝食をとる。その後、洗濯機を回し、掃除機をかける。掃除機を一階と二階の隅々までかけるとかなりの重労働だ。特に階段は面倒だし、きつい。ゆうに三十分はかかる。

掃除のあとは洗濯物を干す。耕介の体操着とユニフォームは泥と砂だらけなので、洗濯機に放り込む前に手洗いが必須だ。良夫は、昨晩風呂に入ったついでに予洗いした。

洗濯を干したら、今度は玄関を掃く。子どもたちのスニーカーに付いた土や砂のせいで、一日でザラザラになる。そのあと、ほんのわずかながらの庭に出て、雑草をいくつか抜く。一週間もすると手に負えなくなるので、こうして毎日雑草の処理をしている。

庭には何本かの木が植わっている。鉢植えもいくつかあったが、すべて処分した。由布子が買ってきては適当に置いていたが、世話をするのは良夫ばかりで、興味のない良夫が水やりをしても花のほうでなにかを感じるのか結局は枯れてしまう。不用になった土や鉢を処分するのもひと仕事だ。世話をしないのに、なぜ買ってくるのかわからない。

庭掃除が終わったあと、買い物に出かけた。自転車で十分ほどのスーパーマーケット。一台しかない車は由布子が通勤に使っているので、良夫は専ら自転車となる。合い挽肉とナスが特売だった。ナスを小さくサイコロ切りにして挽肉と炒め、めんつゆベースで味付けしたメニューは、由布子は手抜き料理だと言うが子どもたちは大好きだ。

子どもらが小さいときは、おかずは大皿で出して、取り分けるようにしていたけれど、由布子の好物を出すと、一人で全部食べてしまうのでやめた。四人家族で、例えばコロッケが八つあったとしたら、一人二個ずつというのが常識だと思うが、由布子は当然の権利と言わんばかりに三つも四つも食べてしまうのだ。

子どもの頃から当たり前に、女は好きなだけ食べていいと言われ育ってきたらしく、注意した良夫はケチ呼ばわりされた。以来、洗いものが増えても、各自の皿に盛りつけるようにしたのだった。

帰宅してひと息つく間もなく昼になり、ようやくここでテレビをつける。首相の秋葉加代子が画面いっぱいに映る。この女の顔を見るたびに、良夫は説明のしようのない不快さを感じる。

長く政権に居座っている分、腐敗や嘘が隠しようもなくもれ出しており、それをさらなる嘘でごまかすことを繰り返している。口封じのための人身御供として逮捕者を出し、口止めできない輩には優遇措置をとるという最悪のシナリオを演じ続けている状況だ。収賄、記者のレイプ事件、公文書改ざん、関係者の自殺者まで出しておいて、しれっと我関せずを通している。国民にバレていないとでも思っているのだろうか。秋葉の厚塗り化粧顔を見るだけで、反吐が出そうになる。

そもそもこの政党自体が、女尊男卑の保守派で金持ちのお嬢軍団が、古い因習に頑なにすがりついているだけのものだ。先月の国会はひどかった。子連れで出席した男性議員に向かって、「赤ん坊がかわいそうだから、議員をやめて家にいろ」「三つ子の魂百までよ」「国会は保育所じゃないわよ」などとヤジが飛んだ。「保育園に落ちたのか！」というヤジには驚いた。保育園を増やして世の男性の負担を軽減するために、その男性議員が奮闘しているというのに、なんという言いぐさだろうか。

その前の国会では、同性婚について質問した男性議員に「お前の下半身はどうなってるんだ!?」というヤジを飛ばした議員がおり、胸が悪くなった。

また、その前の国会では、婦夫別姓に賛成の男性議員に向かって、「モテない男のひがみ」「インポテンツ」などと、国会とは思えない言葉がお嬢たちの口から飛び出し、男性蔑視だと大きな問題となった。

そういう場面を見聞きするたびに、良夫ははらわたが煮えくり返るような怒りを覚える。それらの怒りは良夫の胸にたまりにたまって、すでに許容範囲をオーバーしている。これが国会議員だろうか。これが日本の政治を動かす人間の所業だろうか。情けなくて恥ずかしくて、耳から湯気が出てきそうになるのだった。

秋葉首相の顔が画面いっぱいのアップになったところで、チャンネルを替えた。

——この秋のモテ男子服大全集

——女子をノックダウンさせる仕草

——男子用最新脱毛情報

若手男性芸人が、この秋に流行る女子受けのいい服を着て、女子の気を引く仕草を試し、胸毛の脱毛にチャレンジするというものだ。良夫はうんざりしてまたチャンネルを替えた。どこも同じような番組ばかりだ。年配の男優が二人でバスの旅をする番組に落ち着いたが、べつに見たくないことに気付き電源を切った。

昼食のあとは、夕飯の準備だ。挽肉とナスの炒め物。玉ネギと油揚げの味噌汁。米を研いで炊飯器のタイマーをセットする。昨日忘れたから二度確認した。
青空教室に行くまでにまだ少し時間があったので、読みかけの本を開いた。『男たちのミライへ』という、セクハラ、パワハラについて書かれた本だ。さまざまな体験談が掲載されており、読むだけで胸が苦しくなる。だったら読まなければいいのだが、読まずにはいられない。

　時代が変わり、良夫の学生時代からは想像もできなかったような男性解放の気運が高まっている。SNSの普及のおかげで、個人が自分の意見を発表する場ができたことが、追い風になった。アメリカの映画プロデューサーによる長年のセクシャルハラスメントを男優が告発したことがきっかけで、日本でも男性運動が巻き起こり、我も我もと男性たちが体験談を語り出したのだ。

　SNSでさまざまな人の体験談や意見を読んでいくうちに、良夫の脳裏には、忘れていた過去の記憶が蘇(よみがえ)ってきた。男らしくしろと、女子のうしろを歩かされた小学生時代。足が臭い、汗がキモいと女子に言われ続けた中学生時代。制汗スプレーは必須アイテムだったし、早々とすね毛が生えてきた良夫は、無言の圧力に耐えきれず隠れるようにムダ毛を処理した。当時は男子はブルマが必須だったので、体育の授業はひどく憂鬱(ゆううつ)だった。

　高校生の頃、野球で背中を痛めて受診した整形外科では、X線写真を撮る際にパンツまで脱がされた。そのあとの触診では、笑いながら女の医者に尻を叩かれた。通学に使っていた電車では何度も痴女に遭い、男性専用車両に乗ろうとしたら見ず知らずのオバサンに「ブサイクのくせに自意識過剰」と言われたこともあった。

大学生のとき、教育実習で行った中学校の校長に食事に誘われ、帰り際わざと躓いてワイシャツに口紅をつけられた。はじめて教壇に立った日、生徒の前で女の先輩教師に「鼻の形がもう少しよかったら、二枚目だったのにね」と笑いながら言われた。

結婚後は、正月に妻の実家や自分の家に帰省すると、男は座るなと言われ、台所に立ちっぱなしで、調理、皿洗いをさせられる。子どもの世話も全部、男任せだ。女は酒を飲んで、男が作った料理を食べるだけだ。

錆び付いていた記憶の蓋が開いたとたん、長年被ってきた理不尽な体験を山のように思い出したのだった。傷に塩を塗りながらの浄化作業はつらいものがあったが、良夫はもはやこれまでのように黙ってはいられなかった。当時、仕方がない、こういうものだ、と思っていた出来事は、まったく仕方のないことでも当たり前のことでもなかったのだ。悪はいつだって女の無自覚と無関心だ。いつまでも女に従順な男でいる必要はないのだ。

なによりも良夫の、女社会への疑問に拍車をかけたのは妻である由布子の存在だった。

由布子は、次男の俊太を産んだあと育休制度を利用した。耕介のときは、女性で育休を取る教員がまだ少なく遠慮していたが、俊太のときに申請したのだった。この頃から、由布子への不信感は募っていった。

そもそも女性には産前産後の半年間ずつ、国からの保障制度がある。

・休業開始前賃金八十パーセント以上の手当の支給。
・家事サービス全般の無償サービス、食材の無料提供。
・子どもが複数人いる家庭への子育て支援制度。
この制度のおかげで、少子化に歯止めがかかったと言われている。良夫にとっても、産前産後の一年間は気の休まる期間だった。

育休制度の適用は、その後の半年間のことだ。良夫は、あと半年同じような日々が続くと思ってうれしかった。

だが、その思いは早々に頓挫した。毎朝、由布子を起こすところからひと苦労だった。

「こっちは母乳あげて寝不足なのよ！」

由布子は朝から怒鳴り散らした。

「もう母乳はあげてないだろ？」

「あんたが知らないところで、あげてるのよ！」

半年を過ぎた頃から母乳の出が悪くなり、粉ミルクに変えていた。由布子は、赤ん坊の俊太がいくら泣き叫んでも一向に目を覚ますことはなく、夜間は良夫が粉ミルクを作って与えていた。

そんな調子で、俊太が生後六ヶ月を過ぎてからの育休期間中、由布子は耕介の幼稚園への送りを一度もしなかった。しかもその間も由布子は寝ているので、良夫は赤ん坊の俊太を背負って、耕介の送りをした。

国からの家事サービスがなくなっても、手の空いている大人が二人もいるのだから、一人よりは断然楽だろうと思っていたが、まったく違っていた。むしろ使えない大人が一人いるせいで家事が増え、苛立ちも増した。

由布子に買い物を頼んでも傷んだような野菜を買ってきたり、自分の好きな菓子ばかりを買ってきたりで用が足りず、洗濯を頼んでもしわを伸ばさないで干し、畳み方もいいかげんなので、結局良夫がやり直す羽目になった。料理に関しては、一切やろうとしなかった。

かといって、子どもたちの面倒を見るわけではなく、自分の気持ちが向いたときだけあやして、あとはテレビを見たり本を読んだり映画を見たりと、自由に時間を使っていた。育休ではなく、ただの休暇だ。

掃除くらいはなんとしてでもやってもらおうと、口が酸っぱくなるほど言い募ったが、結局由布子がしたのは風呂掃除だけだ。風呂掃除といっても浴槽を洗うだけで、排水溝や鏡などはノータッチだ。玄関を掃いたり、部屋に掃除機をかけたりしたのは、ほんの数回きり。その数回を、鬼の首でも取ったように恩着せがましくいつまでも言うので、ほとほと辟易した。

由布子はまったく役に立たなかった。いないほうがマシだった。女というのはこの程度か、という諦観もあった。世の中に「イクジョ」と呼ばれる女性が本当に存在するのか、はなはだ疑問だった。

めまぐるしく過ぎていく日々のなか、良夫が体調を崩して寝込んだ日があった。なんとか耕介を幼稚園に送り届けたが、帰宅後に熱が上がり、もはや起き上がれなかった。由布子に症状を伝え、使っていない和室に布団を敷き横になった。

階下からの俊太の泣き声で目が覚めた。由布子はいないのだろうかと思い、ふらつく足どりで階段を下り、リビングで目にした光景を、良夫は忘れられない。ベビーベッドでギャン泣きしている俊太をよそに、由布子は悠長にゲームをしていたのだ。

「なにしてるんだよ」

かすれた声を出すと、「なによ、元気じゃない」と言われた。

「俊太が泣いてるじゃないか」

「ぜんぜん泣き止まないのよ」

「オムツは？」

「ウンチはしてないみたいね」

「ミルクは？」

「あげたけど飲まないのよ」

良夫は俊太を抱き上げた。泣きすぎたのか、引きつけのようなしゃくり上げ方だった。身体中がだるかったが、良夫は我が子を抱いてあやした。しばらくすると、俊太は泣き疲れたのか、しずかになって目を閉じた。

「やっぱり、父親じゃないとだめなのねえ。パパ、俊太の泣き声で父性本能優位になって、熱が下がったんじゃない？」

　都合が悪くなると、父性本能という言葉でごまかす妻。良夫は二階の和室にミルクとオムツの用意をして、俊太を連れていった。由布子に赤ん坊を預けておくことはできなかった。俊太は父親の状態を知ってか知らずか、小さな布団でスヤスヤと寝てくれた。

「……ちょっと、パパ」

　肩を揺り動かされて、起こされた。時計を見ると六時だった。思わず起き上がった。

「耕介は⁉」

「わたしが迎えに行ったわよ、決まってるでしょ」

「……よかった」

「ところで、夕飯はどうするの？」

「は？」

「早く作ってよ」

「弁当でも買ってきてくれ」

「耕介を迎えに行って、また外に出ないといけないわけ？　それだけ寝たんだからもう治ったでしょ？」

「悪いけど、無理だ……」

　熱は下がったようだったが、とても料理をしたり買い物に出かけたりできる状態ではなかった。由布子は「はあー」と大きなため息をついて、

「まったく、誰の稼ぎで食べられると思ってるんだろうねえ」

と言い捨てて、しぶしぶ買い物に行った。どこでゆっくりしているのか、由布子はなかなか帰ってこなかった。その間、耕介と俊太の世話をするのは大変だった。

一時間半以上経ってから帰ってきた由布子は、自分と耕介の弁当だけを買ってきた。

「だってパパはどうせ食べられないでしょ」

その通りだったが、プリンやゼリーや果物など、喉を通りそうなものを見つくろって買ってきてくれるのが思いやりではないだろうか。

その日の夜中、腹が減って目が覚めた良夫は、俊太用のミルクを飲んだ。粉ミルクを計ってお湯を注ぎながら、涙がこぼれた。

なにが育休だ。人が作った飯を食い、横になるだけの妻は、はっきり言ってただ邪魔なだけだった。もちろん、率先して家事をする女性は多くいる。けれど、由布子はそうではなかった。

涙はしばらく止まらなかった。同じ中学校で同僚だった由布子と恋愛をして、結婚に至った。二人でお金を出し合い、マイホームを購入した。子どもができたときに二人で話し合い、良夫が家庭に入ることになった。それは由布子の望みでもあった。

「二人で分業しよう。わたしが外で働くから、良夫さんは子どものことと家のことよろしくね」

由布子はそう言った。良夫も異存はなかった。家族を支え、生活をやりくりしていくための分業。由布子は仕事、良夫は家事育児。それなのになぜ、「誰の稼ぎで食べられると思ってるんだろうねえ」などと言われなければならないのだろうか。体調が悪くても、大丈夫？　のひとこともなく、布団も敷いてくれなければ、弁当のひとつすら買ってきてもらえないのだ。

悲しみのあとは、怒りがやってきた。猛然とした怒りの炎は良夫を一気に取り巻き、良夫の芯部（しんぶ）に小さな火種を残した。

その後、良夫は由布子と何度か話し合いの場を設けた。その場では、「そうだね、パパの言う通りかもね」などと殊勝に言うが、由布子の態度が変わることはなかった。自分の仕事が忙しくなると感情的になり、些細（ささい）なことで良夫に当たりつっかかってきた。子どもに当たることもしばしばだった。子どもたちに音楽を教える教師の裏の顔だ。音楽をやるからといって、人間ができているわけではないのだ。

妻は変わらない。

あれから十年経って、良夫が学習したのはそれだった。なにをしたってなにを言ったって、由布子は変わらないのだ。

スマホのタイマーが鳴った。時刻は午後二時半。良夫は読んでいた本を閉じ、家の戸締まりを確認して、自転車にまたがった。今日の青のご機嫌はいかがだろう。心を開いてくれるだろうか。そんなことを思いながら、秋晴れの青空を見上げる。

「専業主夫になったことによる、いちばんの弊害は――」

と、声に出す。良夫は、自転車を走らせながら気持ちを吐き出すのが好きだ。口に出した瞬間、言葉はどんどんうしろに流れて消えていく。

「妻のことをー、好きじゃなくなったことに尽ーきーるー」

いや、好きじゃなくなった、なんて甘い言い方では足りない。妻のことはもはや嫌いだった。

2

「おい、落ちたぞ」

振り返ると、Aくんが立っていた。心臓がドクンと音を立てる。

「ほら、これ」

そう言って、シャープペンを手渡された。

「あ、ありがと……」

お礼を言うと、Aくんは、ああ、とうなずいて、照れたようにかすかに笑った。その顔を見たとたん、心臓が縮こまったようにきゅっ、となった。思わず胸元を押さえる。

Aくんは他の男子に声をかけられて、わいわいと騒ぎながらどこかへと走って行った。

Aくんの後ろ姿が見えなくなるまで、同じ場所に立っていた。今のAくんの声と笑顔を何度も反芻(はんすう)する。耳の下あたりがきーんとして、ときめきが身体中をかけめぐる。

神さま！　こんな偶然を作ってくださってありがとうございます！

祈るように手を組む。Aくんが後ろを通ったタイミングで、ノートの間からシャープペンが落ちるなんて、一体どのくらいの確率だろうか。

窓から太陽の光が差し込んで、さっきまでAくんがいた場所を照らす。まるでスポットライトみたいで、ふいに涙ぐみそうになる。

Aくんのことが好き。大好きだ。改めて自分に確認するように、心のなかで唱える。

初恋。

【中林進】

「男ってほんとバカだよね」

ドリンクバーのコーヒーをひとくち飲んで、三年副会長の中林進は言った。原杉中学校PTA役員会が終わったあと、ちょっとお茶でも飲んで行こうということになり、本部役員四人で学校近くのファミレスに来ている。

「え？」

残りの三人が一斉に進を見る。

「どういうことですか？」

一年会計の澄田隆司が聞いた。

「女にたてつこうとしたって、無駄ってこと」

「……それって、もしかして池ヶ谷さんのこと？」

二年書記の水島が、遠慮がちに名前を口にする。池ヶ谷というのは、一年書記の池ヶ谷良夫のことだ。

「うん、まあね」

進は上目遣いでうなずいた。

「五木会長の言うことを聞いていればいいのに、あんなどうでもいいことで時間をとってさ。会長、かなり怒ってたぜ」

「確かに怒ってたな」

と、二年会計の井上がうなずく。

「お茶いれて、菓子を用意するぐらい、どうってことなくないか？」

進の言葉に、まーねー、とみんなが首肯する。進が言っているのは、来月行われる市のＰＴＡ総会のことだ。毎回順番で市内の小中学校から各一校ずつがお茶当番をすることになっている。来月は原杉中学校が担当だが、そのことについて池ヶ谷良夫が異議を唱えたのだ。

「なぜ男性限定なんですか？　おかしくないですか？」

お茶当番には二校から五名ずつ男性を選出するという、長年の慣例がある。

「今の時代に、こんなことを強要するのはおかしいですよ。ＰＴＡって学校教育に密接に関わっている団体ですよね。率先してジェンダーにとらわれない活動をしないと」

池ヶ谷の言葉に場は固まり、五木美枝子会長はあからさまに不機嫌な顔になった。

「池ヶ谷さん」

と、声をかけたのは進だった。

「今さらそんなことを言っても仕方ないですか。ジェンダー問題は、もちろんみんな承知していますよ。でもこんなの、ただのお茶いれじゃないですか」

「ただのお茶いれじゃないですよ。こういうところから直さないと、いつまで経っても変わりません。悪しき慣例は気付いた時点で変えるべきです」

五木会長が大きく息を吐き出す。これはどうにかしないと、と思い、進は他の三人を味方につけるべく、コホンと咳払いをした。

「池ヶ谷さん。『男性』という文言ひとつを変える、たったそれだけのことで、市内の小中学校全校に通知をいれて、決を採らないといけないんですよ。その手間を考えてください。そもそも時間がないですよ」

進は言った。

「そうですよ。こんな些細なことでも、決を採らなくちゃいけないんですよ。これまでの決まりを変えるんだから」

水島が加勢する。

「そうそう、そのために新たな総会を開かなくちゃいけないんですから。その総会が開催されたとして、そこでのお茶当番はどうするんですか？　まだ決議される前なので、どっちにしても我々がお茶いれをしなくちゃいけないんですよ」

井上の言葉に、みんなが笑った。

「今回だけはこらえてくれませんか、池ヶ谷さん」

進はとびきりの笑顔で、池ヶ谷に声をかけた。池ヶ谷は進の顔をじっと見つめたあとで、

「やっぱりわたしは反対です」

と言った。場が静まり返る。面倒くさい奴を役員にしてしまったと誰もが思っただろうし、進ももちろん思った。人がせっかく気を遣ってやったというのに、少しは空気を読んでほしかった。五木会長は能面のような顔で、誰もいない正面を見据えている。

「ねえ、池ヶ谷さん。お茶いれって言ったって、ペットボトルのお茶を用意して配るだけですよ。お菓子だって既製品を買ってきて紙皿に載せるだけ」

進は少しでもいい雰囲気にしようと、わざと快活に言った。

「いや、わたしが言ってるのは、業務内容ではなく、このプリントに書かれた女男の役割のことです。わざわざ男性限定にしなくてもいいじゃないですか。各学校から五人ずつ、それだけでいいですよね？　なんでわざわざ男性限定と書く必要があるんですか？　おかしいですよ。決を採らないといけないなら、採るべきだと思います。気付いた時点で変えなければ、後任の人たちに問題を押しつけることになります」

「はーっ」

五木会長が大きなため息をついた。進は五木会長に心底同情した顔を作り、水島と井上と澄田に目配せをした。

「じゃあ、多数決にしますか？」

進はそう提案した。

「それしかないですね。多数決にしましょう」

五木会長が早口で言い、池ヶ谷以外の全員がうなずいた。

「では、今回のPTA総会のお茶当番は各学校から男性五人ということでいい人、挙手願います」

苛立（いらだ）ちをにじませて、会長が声をあげる。進は先陣を切って手をあげた。水島も手をあげ、井上も続き、澄田も挙手した。最後に、わたしもです、と五木会長が手をあげる。

「五人ですね。では、今回のPTA総会でお茶いれをしたくない人は挙手願います」

五木会長が言うも、池ヶ谷は手をあげない。

「池ヶ谷さん？」

会長が不審そうに名前を呼んだ。

「わたしはお茶いれをしたくないわけではないんです。男性限定にされることが嫌なんです」

ふぅーっ、とも、はあーっ、ともいえない息を、全員が吐き出す。

「では、PTA総会での男性限定のお茶いれに反対の人、挙手願います」

会長が言い直すと、ようやく池ヶ谷が手をあげた。

「五対一で、今回のPTA総会では、男性五人にお茶いれをしてもらうことになりました。以上です。よろしくお願いします」

進が拍手をすると、水島、井上、澄田もそれにならった。

「いいですよね、池ヶ谷さん」

進はやさしく念を押した。池ヶ谷は無言で視線を落としている。

「……こんなことを続けているなら、ＰＴＡなんていらないんじゃないでしょうか？」

池ヶ谷がつぶやいた。進はぎょっとして池ヶ谷を見た。他の役員たちも、なにを言い出すんだ、という顔で池ヶ谷を見る。

「毎年、役員を決めるのだって大変ですよね。みんながやりたがらないＰＴＡの存続意義ってあるんでしょうか……？」

「ちょっと、池ヶ谷さん。今は来月の総会の話ですから。少し落ち着いてくださ……」

取りなそうと進が慌てて言葉をかけたが、五木会長のことさら大きなため息がさえぎった。

「こういうことがあると、ほんと、会長なんて引き受けなければよかったと思います。みなさんが協力してくれるっていうから、引き受けたんです。時間が自由になる仕事だからって、暇なわけじゃないんですよっ」

進は思わず頭を下げた。池ヶ谷以外の三人も申し訳なさそうにうつむく。今期のＰＴＡ会長はなかなか決まらずに、会長は女性に、という暗黙の了解のもと、最後には先生も交えて頭を下げてお願いして、ようやく五木さんが引き受けてくれたのだ。

五木さんは生命保険の外交員で、調整すれば日中の時間も取れるということで、本当にありがたい人選だった。進はその経緯を知っているからこそ、池ヶ谷の不用意な言動は見過ごせるものではなかった。

「そもそも、こういう打ち合わせを日中にやるのもどうかと思います。働いてるお父さんだってたくさんいますよね。だから役員のなり手がいないんじゃないですか？」

空気を読まずに、池ヶ谷が続ける。

「申し訳ないですけど、これで今日のＰＴＡ役員会を終わりにします」

五木会長はそれだけ言って、誰にも目をくれず出て行った。

会長がいなくなった会議室で、

「今度の総会のお茶いれ、池ヶ谷さんは来られなくていいですよ」

と進は池ヶ谷に伝えた。池ヶ谷は進の顔をじっと見つめたあと、よろしくお願いしますと蚊の鳴くような声で言い、みんなを残して会議室を出て行った。

せっかくお役御免にしてやったのに、ぶすっとした池ヶ谷の態度に、進ははっきり言ってムカついた。

「池ヶ谷さん、めっちゃムキになってたよな。ＰＴＡの存在にまで話が及んで、びっくりしたよ」

水島が言う。

「本当だよな。五木会長が気の毒になったわ」

井上がうなずく。

「お茶いれのために、これから決を採り直すなんて、そんなめんどくさいことできるかっての」

　水島がうんざりしたように頭を振る。

「だけど、池ヶ谷さんが言ってたことも確かに、と思いました。男のお茶くみっていう古い考え方は、もうやめたほうがいいんじゃないかなって」

　澄田が言う。澄田の年齢をはっきりとは知らないが、まだ三十代らしい。見た目もあきらかに進たちより若かった。

「そんなことといって、澄田さん。妻さんの実家の理容室を継いでるじゃん？　妻さんのために、結婚してからわざわざ理容師免許取ったんでしょ？　お茶いれどころのレベルじゃないよ。妻に尽くしていい夫じゃない。男の鑑、夫の鑑だよ」

　井上が笑いながら言う。

「えー！　そうだったんだ、澄田さん。やるねえ、内助の功じゃない」

　水島がひやかす。

「いや、おれが理容師免許を取ったのは、べつに妻のためじゃないっすよ。理容師に憧れてたんですよ。だから、ちょうどよかったっていうか……」

　最後のほうは言葉に詰まった。

「まあまあ。妻さんの実家の家業を継ぐのと、ＰＴＡ総会でのお茶いれは、まったく違うことだから」

進はさわやかに微笑んで、井上と水島をやんわりと制す。

「女男平等はわかるけど、女を支えているのは男だって思えば、お茶いれなんてたいしたことないって思わないか？　なにをあんなにムキになっているんだろうね、池ヶ谷さんは」

それが進の本心だった。女が女でいられるのは、男のおかげだ。男がおだてて気分よく外で働いてもらい、サラリーを運んでもらう。昔からそういう役割分担ができているではないか。

進の妻は勤務医である。内科なので急な呼び出しはほとんどないが、医者の不養生などと言われないように、夫の自分がしっかりと支えたいと思っている。

「池ヶ谷さんの仕事って、学童指導員だっけ？」

井上が言う。

「そうそう、昔は教師だったらしいよ。妻さんも教師みたいね」

水島だ。みんなよその家庭のことに詳しいなと思う。

「あの、おれ、甘い物食べていいっすか」

澄田がチョコレートパフェを注文した。若いねえ、と水島が笑う。

今度のPTA総会でのお茶いれは、ここにいる四人と、もう一人は鈴と同じクラスのパパ友に頼もうと進は考えている。鈴は進の長女で中学三年生。一年生に長男の蓮がいる。蓮と、池ヶ谷の次男である俊太とは同じクラスだと聞いている。あまり親しくはないようだが、今度の授業参観でチェックしてみようと、進は心づもりした。

「おかえり、鈴ちゃん」

　鈴の帰宅に間に合ってよかった。誰もいない家に子どもを帰らせることは、なるべく避けたい。家族を送り出し、出迎える。それが父であり夫である自分の務めだ。

「レアチーズケーキ作ってあるよ、食べる？」

「うん、食べる」

　着替えて手を洗っておいで、と声をかける。三年生の鈴はバレー部をこの夏に引退し、これからは高校受験一色となる。

　子どもたちが小学生のとき、中学受験をさせるかどうかを妻と話し合ったが、中高大と公立で過ごしてきた妻としては、中学までは公立に通ってほしいという希望があった。さまざまな家庭環境や経済環境で育ってきた子どもたちと一緒に過ごして、偏見のない人間になってもらいたいというのがその理由だ。進も地方出身で大学までずっと公立校だったので、妻の意見には賛成だった。

　鈴は、県内でいちばん偏差値の高い公立の進学校を狙っている。成績は一年生のときから、ほぼオール5だ。これまで二度ほど社会科が4だったが、三年生になってからは5以外をとったことはない。滑り止めの私立校を一校、その他有名大学付属校を二校受験する予定だ。

「パパ、これめっちゃおいしい!」

「だろ?」

「お店開けるよ」

「まあね」

進が真面目にうなずくと、鈴は「調子に乗ってる!」と声をあげて笑った。

「塾の前に、少し食べていくだろ」

「うん」

六時半から九時半まで塾だ。塾の前に食べていくと眠くなってしまう。でも、なにも食べないとお腹が空いて集中できないというので、たいていはおにぎりを一つ食べさせてから行かせている。帰宅後は炭水化物を摂らずに、野菜とタンパク質だけだ。太ることを気にしているらしい。

ついこのあいだまでほんの小さな女の子だったというのに、あっという間にすっかり年頃の娘になってしまった。自分も歳をとるはずだと思う。鈴が通っている塾は少し遠方にあり、自転車での通塾だが、女の子なのであまり心配はしていない。

鈴は女の子なのに、まるで手のかからない子だ。勉強しろと言わなくても自ら予習をし、テスト前には自分で計画を立てて勉強をする。部屋もいつもきれいに整理整頓できている。高校受験も、なんの心配もないだろう。進は陰でサポートするだけだ。

鈴が出て行ったのと入れ違いに、蓮が帰ってきた。

「おかえり、蓮くん」

　蓮は美術部だ。ただいま、とつぶやくように言って、そのまま二階にあがる。

「うがい手洗いしろよー」

　まだまだ頼りなげな薄っぺらな背中に声をかける。蓮は三月生まれということもあるせいか、身長も体重も平均より下回る。小学生といっても、当たり前に通用するだろう。色白でかわいらしい顔立ちをしているので、ときおり鈴が冗談ともつかない口調で、アイドルになったほうがいいよ、などと言う。

　少ししてから、妻の千鶴（ちづる）も帰ってきた。

「おかえり、千鶴さん」

「ただいま、進さん」

　千鶴は進の一つ年下だ。「兄さん旦那（だんな）は金のわらじを履いてでも探せ」といわれるように、我々婦夫はとてもうまくいっていると進は感じている。

「すぐにご飯できるから」

「ありがと。でも汗だくだから、先にササッとお風呂（ふろ）に入っちゃうわ」

「ササッ、じゃなく、ごゆっくりどうぞ」

　あはは、と笑って千鶴は風呂場へ向かった。お風呂を沸かしておいて正解だった。

　今日の夕食は回鍋肉（ホイコーロー）、豆腐となめことワカメの味噌（みそ）汁、レタスとブロッコリースプラウトとミニトマトのサラダ、里芋と人参（にんじん）とこんにゃくの煮物。和洋中折衷だなと苦笑する。料理をするのは好きだ。美味しく仕上がった料理を、家族に完食してもらうときの満足感はなにものにも代えがたいし、そのあとの洗い物も好きな作業のひとつだ。家を建てるときに食洗機を検討したが、つけないで正解だったと思う。一つずつ丁寧に手洗いして、洗いカゴに伏せていくときの爽快感といったらない。

「はーっ、いいお湯だったあ」

カラスの行水の千鶴が、もう風呂から出てきた。首にかけたタオルで濡れた髪をふきながら、お腹ぺっこぺこー、と言う。

階段下から二階に向かって、「蓮くーん、食事だよー」と声を張る。わかった、と返ってきたすぐあとで、階段を下りてくる音がする。

「はい、ビール」

着席している千鶴の前に缶ビールとグラスを用意して注ぐと、お先にー、とうれしそうに言って、ぐびぐびと飲み干した。

「おいしいなあ。お風呂上がりのビールのために仕事してるようなものだわ」

そう言って笑う。蓮が席に着いて、いただきますと手を合わせる。千鶴はビール好きだが晩酌という感じではなく、ご飯を食べながら飲んでくれるのでありがたい。わざわざつまみを作らなくていい。

「進さんも飲めば？」

「いや、いい。鈴ちゃんが帰ってきてからにするよ」

「あ、そうか。鈴は塾だよね。忘れてた」

千鶴がぺろっと舌を出す。

「蓮くん、ピーマンもちゃんと食べろよ」

回鍋肉のピーマンをよけて食べている蓮に、声をかけた。

「中学生にもなってピーマン食べられないのお？」

千鶴がちゃかすも、蓮の皿の上ではピーマンだけがきっちりと端によけられている。

「ああ、そうだ。蓮くんのクラスに池ヶ谷俊太くんっている？」

池ヶ谷のことをふと思い出して、蓮にたずねてみた。

「いる」

「よく話すのか？」

「あんまり話したことない」

だろうな、と思う。

「俊太くんは何部だ？」

「確か、バスケ部」

「へえ、背が高いのか」

「たぶん」

「たぶんって、なによ」

千鶴が笑いながら会話に入る。

「なんでそんなこと聞くの？」

ぶすっとしながら蓮がたずねる。

「今日、ＰＴＡの集まりがあって、俊太くんのお父さんと会ったんだ。そういえば、蓮くんと同じ三組だなって思ってさ」

「ふうん」

蓮はどうでもよさそうに鼻を鳴らし、テレビの電源を入れた。食事中、テレビはなるべくつけたくないが、食事中のスマホを禁止したので、これぐらいは譲歩してもいいだろう。

秋葉加代子総理大臣が映る。すぐさまチャンネルを替えようとする蓮に、「ちょっとそのままで」と頼み、ニュース画面に見入る。

「これ、まだやってるんだねえ」

妻が呆れた声を出す。テレビでは、大臣の収賄事件について野党が追及するＶＴＲが流れていた。

「こんなことに時間を取るなんて、ほんとばかばかしいよな」

続いてのニュースは、秋葉首相の夫が公費を私物化して旅行に行った云々。

「これもいつまでやってるんだろう。しつこいよねえ」

さらに呆れた声を出して、妻が首を振る。

「本当に時間の無駄だな」

こんなどうでもいいことを一体いつまで引っ張るんだと思う。野党は日本がどうなってもいいのだろうか。やるべき課題は山ほどあるじゃないか。政治に金がかかるのは当たり前のことだ。

「うわあ、次はこれだよ。ウンザリするわー。あはは」

千鶴は、呆れを通り越して笑っている。次のニュースは、山本涼真事件だ。総理付きの記者であった春日律子に薬を盛られ、記者志望の山本涼真が春日にレイプされたという疑惑の裁判の続報だ。男子アナウンサーが真面目な顔で原稿を読んでいる。

「こんなつまらないことがニュースになるんだから、世も末だわ」

千鶴が首をすくめる。

「だいたい、なんで春日さんが、そんな若造を相手にしなくちゃいけないのよねえ？　DNA鑑定だってシロだったんでしょ？　あきらかに涼真の売名行為だよね」

進は鼻の穴を大きく広げて、うなずいた。

「どうせ、涼真のほうが、胸板や股間を強調するような恰好をしていたんだろ。夜のホテルでの打ち合わせにのこのこついていくなんて、確信犯でしょ。自分から誘っておいてレイプされたって騒ぐだなんて、ほんと恥知らずだよな。同じ男として情けないよ。そもそも、コネがほしくて春日さんに近づいたんだろ？　全部、想定内だろうよ」

言った瞬間、しまったと思った。蓮がいるのに、中学生にはふさわしくない話題だった。蓮はつまらなそうに黙々と箸を動かしている。こちらの話題は気にしていないようだ。

先日銀行に行った際、置いてあった週刊誌に涼真のインタビュー記事が掲載されていた。春日が、ほとんど意識のない涼真をもてあそんだ挙げ句、事に及んだと書いてあった。

詳細が事細かに書かれてあって吐き気がした。薬を飲まされて記憶のない涼真が、なぜそこまで詳しいことを覚えているのか？　そもそも夫も子どももいる春日さんが、なぜそんなことをする必要があるのか？　涼真なんて、そんなガキを相手にするわけないじゃないか。誰が考えたってわかることだ。

春日さんが秋葉首相と親交があったというだけで、野党がここぞとばかりに攻撃している。SNSで男性を中心に「涼真を応援する会」が発足されてからは、デモまで起こっている有様だ。

公費流用も涼真の虚言暴行事件も、すべて秋葉首相をおとしいれるための罠だ。こんなことを、いつまで引っ張っているのだと心底腹立たしい。

「ねえ、チャンネル替えていい？」

蓮が不満げな表情で、リモコンを手にしている。

「ああ、いいよいいよ。こんなくだらないニュース見たって仕方ないもんな」

進が答えると、蓮はすぐにチャンネルを替えた。鈴が帰ってくるまではビールは飲まないつもりだったが、飲まずにはいられなかった。進が冷蔵庫から缶ビールを取り出すと、妻がわざと目を丸くして進を見て、どうぞどうぞ、と笑った。

進は、今日のPTAの集まりを思い出した。学童指導員だという池ヶ谷良夫。池ヶ谷のような男が、血眼で総理の夫を糾弾し、涼真の自作自演の言動に踊らされて、女男同権！　などと言ってマスキュリストを気取るのだ。

池ヶ谷の、今日のあの態度はなんだ。大人げないと思って、空気を読んで取りなしてやったというのに、最後まで頑なに反抗しやがって。

「ああ、ムカつく……」

思わず口からもれ出て、あっ、と口を押さえる。蓮に目をやると、テレビに夢中で進のつぶやきは耳に入っていないようだった。子どもの前では言葉遣いに気を付けたい。

「進さん、どうしたの？　めずらしいわね。そんなにイライラして。なにかあった？」

おどけた部分八割、残り二割をちょっと真剣な顔で、千鶴がたずねる。ビールの酔いも手伝ってか、進は「実はさ、」と今日のPTA役員会のことを切り出した。名前を伏せれば、誰のことかは蓮にはわからないだろう。

「ごちそうさま」

蓮が席を立つ。煮物にまったく手をつけていない。

「煮物おいしいぞ」

進が声をかけるも、お腹いっぱい、と言って、二階へ上がっていった。長女の鈴はなんでもよく食べるけれど、蓮は好き嫌いが多く食が細い。

蓮が二階の自室のドアを閉めた音が聞こえた。進は、待ってましたとばかりに、名指しで話の続きをした。

「今、そういう人けっこういるよね。エセマスキュリストっていうの。少数派の味方です、って主張して、これまでの体制を叩(たた)きたくて仕方ないんだよねー」

千鶴は同情顔だ。

「ほんとまいったよ。ペットボトルを配るだけの仕事に駄々をこねるなんてさ。まるで子どもだよ。いや、子どものほうが従順だよな。ったく、そんなくだらないことで、みんなに迷惑をかけて会議を長引かせてさ。たかが中学校のＰＴＡの集まりで演説ぶっちゃって。五木会長が気の毒だったよ。みんなで頭を下げて、やっと会長を引き受けてもらったんだぜ。それなのに、ＰＴＡ自体いらないんじゃないか、なんて言い出してさ。だったら本部役員なんてやらなけりゃいいのに。そういうところが一貫性がないんだよね。みんな困って固まってたよ。ほんと迷惑だ」

「妻さん、教師なんでしょ？　どんな人なのかねえ。夫さんと同じタイプなのかなあ」

進は、池ヶ谷の妻さんのことは知らないが、婦夫なんだからきっと同じ考えだろうと思う。もしかしたら、妻さんに扇動されたのかもしれない。それにしても幼稚すぎる。

「女と男は違うのにね。なんでわかんないかな」

千鶴が首をかしげる。進は大きくうなずいた。

「ほら、医学部の不正入試の件。女男差別だっていうけど、女と男は違う生き物なんだから仕方ないんだよ。女のほうが基礎学力が高いんだから、人数が多いのは当たり前なの。男は女より精神年齢がかなり低いからね。医者っていうのは、国家試験通ったからって終わりじゃないのよ。ずっとずっと勉強なの。勉強し続けていかないといけないの。そういうこと、男はできないでしょ。受かったらそれでおしまい。向上心がないもの。それに、現場でも女のほうが重宝されるのよ。男の医者は頼りないから、かかりたくないっていう女性は多いし。それに、結婚して子どもができたら、男は家庭に入る人が多いでしょ。そういう面でも、女のほうを多く合格させるのは理にかなってるってわけ」

千鶴の言うことはもっともだと思う。昔からいちばんは女で、そのあとをついていくのが男と決まっている。これまで連綿と続いてきた人間史に間違いはないのだ。

古代は女男が逆転していたという。体力の差があるというだけで、男は暴力で女を支配下に置き、世界中のあらゆる場所で戦争が起こった。このままでは人類が滅亡してしまうと危惧した神々が、女に権力を与えたという。どこにも瑕疵のない、至極正しい神話であり歴史だと進は思う。

そもそも女が能力を発揮できるのは、男のおかげだ。男がお膳立てをしてやってこそ、女が輝くのだ。近頃、家事をやらない女や子育てを手伝わない女が悪のように言われるが、男が女と同じだけ稼げるのかと言ってやりたい。

「池ヶ谷さん、要注意人物だね。お疲れ様でした、進さん」

むずかしい顔をしていたのだろう。妻が自分のグラスを進のグラスに当てて、進の顔をのぞき込む。

「ワインでも開けちゃう？」

笑顔で言う千鶴が愛おしく、誇らしい。進は席を立って、とっておきのブルゴーニュワインを持って来た。

「たまにはいいよね」

進がワインボトルを掲げると、「いいねえ」と千鶴が指でOKマークを出した。進はテーブルの上を片付け、手早くチーズを切って出した。たまには婦夫で家飲みするのもいい。

今日の池ヶ谷の言動が発端だったのか、話しているうちに進は、これまで抑えていた近頃の風潮に対する苛立ちが次から次へと噴き出してきた。

「シングルファザーに支援を！　とか耳にタコができるほど聞くけど、シングルになるのを選んだのは自分だろ？　って話。自分の失敗を世間や制度に押しつけるなんて、厚顔無恥も甚だしいよな。すべて自己責任だろ」

ほんとほんと、と妻がうなずく。

「そもそも日本は島国なんだから、欧米に合わせなくてもいいのよ。女男平等なんておかしな話。女が外で稼いで、男は家を守る。それで上等じゃないの。生まれながらの性質なんだから、仕方ないわ。鈴が幼稚園の頃のこと、覚えてる？　参観日に行ったら、お弁当の時間に、男の子たちがこぞって鈴の世話を焼いてたじゃない。鈴なんて、でーんと座ってなにもしないんだもの。男の子たちが鈴に前掛けをつけてあげて、口まで拭いてたわよね。笑っちゃったけど、父性って本当にあるんだなって思ったのよ」

進も、そのときのことはよく覚えている。男の子たちがかいがいしく、鈴の面倒を見てくれて、鈴のやつ、モテるじゃないかと思ったものだ。

「それにさ、考えてもみてよ。男性進出なんていうけど、男官僚ばかりになったら日本は終わりよ。男に政ができるわけないじゃないの。単細胞同士が国会で殴り合いになるだけよ」

酔いが回ってきたのか、妻が景気よくしゃべる。

「進ちゃんはさ、看護師に戻りたいなんて思ったりする？」

進ちゃん、だなんて、本格的に酔ってきた証拠だとおかしくなる。もう風呂は済ませてあるから、妻が酔いつぶれてもベッドに運ぶだけでＯＫだ。

進はかつて看護師だった。医師である千鶴と恋愛し、結婚を機に辞めた。なんの未練もなかった。千鶴のために生きようと心に決めたのだ。式を挙げた教会で、千鶴が待っているチェリーボーイロードを歩いた。

「看護師に戻りたいなんて、ぜんぜん思わないよ。ちーちゃんががんばって働いてくれるから、いい暮らしができてるし。ちーちゃんが輝いてるのを見るのが、ぼくの幸せだから」

進も妻に合わせて、若いときのように「ちーちゃん」と呼んでみた。くすぐったい気持ちになる。

「SNSでハッシュタグをつけて男性解放運動を呼びかけるのが流行ってるみたいだけど、鈴や蓮なんかの年代は、男性解放なんてどうでもいいんだよ。今の子たちは頭いいから、逆らって墓穴を掘るような真似はしないよ」

「だよね。蓮くんなんて、きっといいお婿さんになると思うわ」

「だな。反対に鈴ちゃんは大物になりそうだな。弁護士になりたいって言ってた。成績優秀だし、裁判で負けることないいんじゃないか」

「そうなの？　医者じゃないんだー。まあ、わたしもただの勤務医だしね」

「なに言ってんだよ。ちーちゃんはただの勤務医じゃない。最高の内科医だ」

心から思って、進はそう言った。

「進ちゃん。なんだかわたし、気分よくなっちゃった。どうかな」

千鶴の言葉に、進はハッとして妻を見た。ひさしぶりの誘いだった。壁にかかっている時計に目をやる。時刻は八時半。鈴が帰ってくるにはまだ間がある。進は、千鶴の目を見て小さくうなずいた。

「あ、でも、ぼくは風呂まだだけど……」

「いいのいいの。そのままの進ちゃんが好きだから」

頬を上気させた、ほろ酔いの妻がかわいい。進は、千鶴に手を引かれて階段をのぼった。蓮の部屋からは音楽が聞こえてくる。イヤホンなしでスマホから流しているのだろう。

寝室で下着姿になった千鶴が、進のシャツのボタンを外す。妻の手がズボンにかけられ、進は恥じらった。もう若くないので電気を消してもらう。

服を脱がされベッドに押し倒されたところで、スマホのライトで下半身を照らされ、まるで観察するように、千鶴にまじまじと見つめられる。

「……恥ずかしいよ」

思わず隠そうとした手を、ピシッとやられる。

「男ってほんと滑稽な生物だよね。こんな不自然なものが、身体の真ん中についてるんだもん。かわいそう」

営みのとき、千鶴はSになる。

「……うっ、もうやめて……無理……」

進の切ない声を聞き、千鶴が満を持してまたがった。

「……ねえ、進、今どんな気持ち？」

腰を揺らしながら、千鶴がたずねる。

「……とってもいいよ。ああ、そんなこと……」

婦夫の営みに演技は必要だ。妻が思うような夫の役割を果たしてこそ、男だ。

千鶴が喜ぶツボは心得ている。懇願するような切ない表情、恥じ入る仕草、もうたまらないという、しずかな催促。技術的なことよりも、妻の好きそうな男の姿態を演じてあげることがなにより大事なのだ。女に主導権を握らせて、女が理想とするセックスをすれば、仕事もはりきるし、家での機嫌もよくなる。セックスのとき進は絶妙な角度で身体をくねらせながら、先日読んだ「世の男たち、の演技はもうやめよう！」という男性誌の特集記事を思い出した。銀行の待ち時間に見た週刊誌だ。

「どう？　どんな感じ？」

「あっ、そこだけは勘弁して……はあっ……ちーちゃん……」

進は息も絶え絶えを装ってあえぎ声をあげながら、週刊誌の内容を思い出して笑い出しそうになる。演技をやめて、一体どうするというのだろう。

女の自尊心をくすぐるためのセックスだ。男を組み敷いていい気になってる女なんて、かわいいものじゃないか。フィクションであるAVを、現実だと思っている女たち。こんなことで機嫌よく過ごしてくれるなら、いくらでも演技してやろう。性交中に演技をしない男なんて、この世にいないだろう。

蓮の部屋から、かすかに音楽が聞こえる。人気ドラマの主題歌だ。なかなかいい曲だなと、進は思う。

「ああっ、すごくいいよ……。ちーちゃん……ああ……」

進は、隣の部屋から流れる曲の歌詞を脳内で口ずさみながら悶えてみせ、明日の夕飯のおかずは何にしようかと考える。肉続きだったから魚料理にしようと決めつつ、夫の務めとして妻好みのいやらしい声を出し続けてあげた。

3

信じられない！　まさかAくんの後ろの席になれるなんて！　しかも窓側だ。ラッキーとしか言いようがない。でも、これが逆で、Aくんが自分の後ろの席だったら、喜べなかったと思う。だって、自分の後ろ姿をAくんに見られてると考えるだけで、手の平が汗でびっしょりになってしまうし、緊張しすぎて失神してしまう可能性だってある。

でも神さまは間違えなかった！

Aくんの後ろ姿を、こんなに間近で見られるなんて幸せすぎる。広い肩幅。少し猫背気味の背中。細い首筋。すっきり刈り上がった襟足。ときおり窓の外を見るAくんの横顔。

プリントを配るとき、後ろを振り返る一瞬は至福のときだ。まれに、うっかり指先がぶつかってしまうことがあり、その瞬間はまるで電流に触れたかのような衝撃が身体中を貫く。

ああ、一生この席でいられますように。神さま、どうかどうかよろしくお願いします。

【澄田隆司】


「ほら、そっちのお客だよ」

そう言って、義父が隆司の背中を肘で突いた。思わずよろける。

「わっ、ごめん！　大丈夫だった？」

「大丈夫大丈夫」

笑って手を振ってくれるのは、パパ友のたっちゃんだ。たっちゃんは、長女まひるの友達である希来里ちゃんのパパ。希来里ちゃんとまひるは中学一年生、同じテニス部だ。

隆司は今、たっちゃんの髪をカットしている最中だ。ハサミを持っている人間の背中を突くなんて、どうかしていると思う。

「……隆ちゃんも大変だねえ」

たっちゃんは、隆司が働いている理容室ＳＵＭＩＤＡの内情をよく知っている。

「おい、ほら」

義父があごをしゃくった入口に男の子が立っていた。まひると同じジャージを着ているので、同じ中学だろう。まひるもそうだが、部活帰りの生徒たちはジャージのままで帰宅することが多く、たいていは風呂に入るまでそのままの恰好で過ごす。

「いらっしゃい。カットでいいのかな」

「はい」

「ちょっとだけ待っててくれる？」

　男の子はうなずいて椅子に座り、スマホをいじりはじめた。義父がこれ見よがしに、男の子の隣の椅子を拭きはじめたが、男の子はスマホに夢中で気付かない。そもそも、隆司の客に対する嫌みで、隣の椅子を掃除しているだなんて誰が思うだろうか。

「……すげえな」

　勘のいいたっちゃんは気付いたようだ。目を丸くして隆司を見る。

「すげえでしょ」

　隆司はそう言って笑った。

　義父、澄田昭平の隆司に対する態度は、あからさまだ。世間でよく言われるところの、婿舅問題を地でいく義父なのだ。

　ここは一階が理容室ＳＵＭＩＤＡとなっていて、二階に義母父婦夫、三階に隆司たちが住んでいる。妻の絵里、中学一年のまひる、小学四年生の次女ともか、の四人家族だ。

　この家を建てたのは、まひるが三歳のときだ。絵里は長女で、絵里の兄はすでに婿に出ていたので、家を建てるのを機に同居しようということになった。

　隆司は長女の婿だから、いずれは義母父と一緒に住むことになるだろうと心づもりしていたので、案外すんなりと受け入れた。一緒に住めば子どもの面倒も頼めるだろうし、一階は理容店にしようと考えていたので、理容師の義父と一緒に働くのもたのしそうだなと思っていた。絵里の実家は元祖スミダ理容店だ。

義母は職を転々とし、たいていはパート勤務だったらしいが、義父が切り盛りして子どもたちを育て上げたと聞いた。「髪結いの女房」とはよく言ったものだと思う。

隆司が理容師免許を取得しようと思ったのは、絵里と付き合いはじめてからだ。絵里との結婚を意識するようになった頃、

「兄貴とわたしがお店を継がなかったから、お父さん、とってもさみしそうなんだよね」

と言われたのだった。絵里は夢だった警察官になり、巡査として勤めはじめたばかりだった。一方、隆司は商業高校を卒業して、信用金庫に勤めていた。寿退社は窓口業務男性の慣例だったこともあり、結婚したら退職するつもりでいた。

「理容師いいなあ」

本心だった。高校を卒業したら理容師の専門学校に行きたかったが、姉が高卒で就職したので、弟の隆司が進学したいとは言えなかったのだ。そうでなくても、男は学歴なんていらないという風潮が残っていた時代だ。

「おれ、理容師になるよ」

そう告げたときの、絵里のうれしそうな顔を隆司は忘れられない。

先日のPTAの集まりで、会計の井上さんに、妻のために理容室を継いだと言われ、思わず違うと言ってしまったが、半分以上は絵里のためだったなと隆司は思う。とにかく、一石二鳥だったことは間違いない。

「はあーっ、気持ちいい」

蒸しタオルを当てると、たっちゃんが声を出した。シェービングクリーム、顔そり、スチーミング、仕上げ。

「あー、生き返った。肌がぴちぴちになったよ」

確かに顔色がツートーンぐらいあがった。

「これまでいろんな理容店に行ったけどさ、腕は隆ちゃんがいちばんだね」

「ありがとね」

鏡越しのたっちゃんに笑いかけようとした瞬間、鏡から見切れるギリギリの位置で、義父が隆司をにらんでいるのを発見し、思わず笑みを引っ込めた。年寄りの嫉妬心、たまったものじゃない。

「さっぱりしたよ。ありがとう」

「こちらこそ、いつもどうもありがとうございます。またランチでも行こうよ」

「いいね。連絡するよ」

たっちゃんはそう言って、店を出て行く前に義父をちらりと見て眉を持ち上げた。やれやれだな、と頭の上に吹き出しが浮かんでいるような顔だった。

「はい、お待たせしました。どうぞ」

中学生の男の子に声をかけると、スマホから顔をあげて椅子に座った。

「原杉中学校の生徒さん？」

「はい」

「うちの娘も原杉中だよ。一年生」

「知ってます。同じクラスです」

「あー、そうなんだ。ありがとね。お名前聞いてもいい？」

「進藤（しんどう）です」

クラスメイトなのに来てくれるなんて、と隆司はうれしくなる。そういうのが、恥ずかしい年頃ではないだろうか。

「進藤くん、どのくらい切ろうか？」

「裾（すそ）を刈り上げて、上は長めでお願いします」

「はい、了解」

鏡越しに進藤くんとアイコンタクトをしている背後を、義父がにらみつけながら通る。まるでコントだ。

進藤くんのカットを終えると、時刻はちょうど七時になるところだった。進藤くんを見送り、今日はこれで店仕舞いだ。カットをしている間、わざと隣の鏡を拭いたり、これ見よがしにタオルを干したりと、仕舞い支度をはじめていた義父は、今やすっかり手を止めてゆうゆうと新聞を読んでいる。しかたなく、隆司は一人ですべてを片付けた。

レジを締める段になったところで、いきなり義父がむっくりと背後に立つ。

「いくらだ？」

「お義父さんのほうは、お客さん二人だったので八千六百円です」

「そんなことはわかってる。そっちはいくらだ？」

隆司は小さく息を吐き出して、これから計算しますので、とだけ答えた。毎日一言一句違わぬやりとりだ。

「あーあ、こんな婿、嫌だねえ。あー、嫌だ嫌だ」

芝居がかった様子で頭を振りながら、義父は二階へと上がっていった。

隆司は元来陽気で細かいことを気にしない性質だが、義父の態度にはほとほとうんざりしている。義母は、家庭内のことにはノータッチで頼りにならない。

義母父はここに越してくるときに実家を売り払い、まとまった金が入ったはずだが、土地購入や建築費用に一切の援助はなかった。もちろん絵里たちに家賃も払っていないし、光熱費はすべて絵里持ちだ。

理容室ＳＵＭＩＤＡの売り上げも最初の頃は折半だったが八割以上が隆司の客なので、それぞれの売り上げに応じるように変えた。そのときも一悶着あったが、理不尽な要求をつっぱねることができてよかったとつくづく思う。

同居をするときはこんな人ではないと思っていたけれど、義父はとても意地悪な人間である。

「ママから言ってよ。おれが言ったところで波風しか立たないんだからさ」

「うーん、ジイジにも困ったもんだねえ」

「おれにだけならいいけど、お客さんが来ているときにわざと嫌み言ったり、大きな音を立てたり、今日なんてハサミを持ってるときに小突かれたんだぜ。お客さんになにかあったらどうするんだよ、まったく。営業妨害だよ」

話していたら、改めてムカついてきた。

「あんな態度だったら、お義父さんのお客さんだって来づらいと思うよ。ギスギスして、店の雰囲気悪いから」

「わかるー。最近、ジイジめっちゃ怖いよ。店の前で友達と話してただけで、うるさい、あっち行けって言われた。ほんっと頭に来ちゃう」

四年生のともかが口を尖(とが)らせる。

「なんだそれ。孫にまで八つ当たりしなくても」

「お父さんにもいろいろあるんだよ。許してやってよ、パパも、ともかも」

実の娘である絵里は、深刻に捉(とら)えてはいないようだ。警部補の絵里は、生活安全課に勤務している。家では仕事の話をまったくしないので詳しいことはわからないが、ここのところ忙しそうで、目の下にクマを作っていることも多い。

夕食はいつも八時過ぎだ。キャベツともやしの野菜炒(いた)めの上に、焼いた豚ロース肉をのせたものと、しめじのコンソメスープ。我が家の食卓は、十五分以内でできる簡単料理ばかりだ。仕事を終えた隆司が手早く作る。

「こんな家、やだ」

　まひるが言う。中学一年生。夏休みを過ぎて、とたんに大人っぽくなった。

「なんだよ、急に」

「おじいちゃんは意地悪だし、おばあちゃんはのらりくらりだし、お母さんは仕事のことだけだし、お父さんは愚痴っぽいし。みんなバッカみたい」

「おいおい」

「はーっ、もっとお互いに思いやりを持って過ごせないものかねえ」

　年寄りのような口をきく。まひるはクラスの学級委員だ。真面目というより、どこか達観したような、妙な貫禄（かんろく）がある。

「そういえば今日、まひるのクラスメイトが来てくれたぞ」

「誰？」

「進藤くんって子」

　うへえ、と顔をしかめる。

「そんな顔するなよ。来てくれてありがたいよ」

「あいつ、苦手なんだよね。……キモいし」

「まひる。そんな言い方しちゃいけないよ」

「だってあいつ、放課後にわたしの机とか椅子を触ってるらしいんだよね」

「モテるじゃない」

絵里が笑う。

「はあ？　なに言ってんの？　そういう問題じゃないでしょ」

「あはは、そんなにムキにならないでよ。まあ、男の子だからべつにいいじゃない」

「男も女も関係ないじゃん！」

「うまくかわしなさいよ」

「どうやってかわすのよ。お母さん、それでも警察官？　だからいつまで経ってもストーカー被害がなくならないんでしょ」

「男のストーカーなんて問題ないわよ」

妻の言葉に、まひるは天を仰いで大きくため息をついた。ニュースになるような殺人事件はまれだが、ストーカー被害の相談は毎日のようにあるらしい。

体格差、体力差を武器に、男性が女性に対して事件を起こすことは全世界で禁じられている。事件の大小にかかわらず、十四歳以上はいかなる理由があろうとも終身刑となる。この地球規模の法律のおかげで、男性の暴力は根絶されている。体格差、体力差だけで優位に立つことは、世の中でいちばん恥ずかしいことだからだ。

「まひるは、将来の夢とかあるの？」

絵里がたずねた。

「お母さんと同じ警察官？」

ともかが聞くと、冗談じゃない！　とまひるはぶるんぶるんと首を振った。

「わたしはね、絶対に警察官と教師にだけはなりたくないの」

「なんで」

「一方通行的に権力を振りかざすような職種だけはイヤなのよ」

絵里は目を丸くして首をすくめた。

「じゃあ、パパの床屋さんを継ぐの？」

ともかがたずねる。

「ちょっとやめてよ、ともか！　そんなん、やるわけないじゃん！」

そんなん……。隆司は心のなかで少し傷つく。

「まだ将来のことなんてわからないけど、仕事に振り回されるような職種にだけは就きたくない」

吐き捨てるような言い方だ。

「じゃあさ、政治家にでもなったらどう？」

絵里がからかうように聞く。

「はあ!?」

まひるが目をむいて、机に手をついた。

「冗談じゃない。この国でいちばん差別的な人たちの集まりじゃん！　女男平等を掲げてる内閣府のポスター、見た？　全員女なんだよ。ギャグかっての」

そんなポスター、気に留めたこともなかったなと隆司は思う。今度見つけてみよう。

「だってほら、まひるって社会情勢とか気にしてるし、いつも一家言あるじゃない」

「それと政治家になるのはイコールじゃないでしょ！　わたしは、保身のためにインチキする人間がなにより許せないの！　だったら床屋の方が一億倍マシ！」

一億倍マシ……。喜んでいいのか悲しんでいいのかわからない。

「向いてると思ったんだけどなー」

絵里のつぶやきに、二度と言わないでよ、とまひるが釘を刺した。

「わたしは警察官になりたいなあ。悪い人を拳銃で撃ちまくるの」

ともかが鼻の穴を広げて言う。

「物騒だな」

隆司の声にかぶせるように、ともかが「バンバンバンッ！」と、指を拳銃の形にして大きな声を出した。

二人の娘を授かったとき、これで澄田家は安泰だと義父はたいそう喜んだ。隆司くん、でかしたぞ、と何度も肩を叩いてくれた。女男の産み分けは、精子の染色体で決まると言われている。

あの頃はやさしい義父だったが、同居して同じ場所で働くようになり、徐々に関係が悪くなっていった。

「末恐ろしい娘たちだね」

隆司は妻に笑ってみせた。男の子が一人欲しかったなあと思いながら。

買い物はたいてい夜だ。店を閉め夕飯を食べたあとに、次の日の食材を買いに出かける。

「澄田さんとこの婿さんだろ？　こんばんは」

振り向くと、川端さんが立っていた。義父のお客さんで同じ町内に住んでいる。

「買い物かい？」

スーパーにそれ以外の理由があるのかと思いつつ、はい、と答える。川端さんは、隆司のカゴを無遠慮にのぞき込む。じゃあ、と言って隆司が去ろうとすると、

「ちょいと、婿さんよう」

と声をかけられた。嫌な呼び方だと思いつつ、笑顔で「なんですか」と返した。

「澄田のおやじさんからいろいろと話を聞いてるけどさあ。あんまり年寄りをいじめないでくれねえかなあ。気の毒でよう」

頬がかあっと熱くなる。

「……どういう意味でしょうか」

努めて冷静に言った。

「ほら、お金のこととかさあ」

「お金？」

「あとは、食事を作ってやらないとか。ついでなんだから、飯ぐらい作ってやればいい

じゃん。なあ、そうしてやってくれよ。見てられなくてさ。頼むよ、この通り」

そう言って、川端さんは手を合わせて頭を下げた。

「義父からなにを言われているか知りませんけれど、お金のことも食事のことも充分話し合って決めたんです。義父たちがそれで困っていることなんて、ひとつもないですよ」

穏やかに穏やかに、と頭のなかで思いつつも、口調は険しくなってしまった。

「まあまあ、そうムキにならないでよ、婿さん。じゃあ、そういうことだからよろしくね」

軽い調子で言い、川端さんは去って行った。

「クソジジィ」

思わず声に出る。近くにいた若い男性がぎょっとした顔で、隆司を見た。隆司はかまわずにもう一度、クソジジィと言った。

義父がお客さんや近所の知り合いに、あることないことを吹聴しているのは知っていたが、それを聞いた人から直接声をかけられたのははじめてだった。きっと、うちの婿はお金に汚くて食事すら用意してくれない、とかなんとか言っているのだろう。

二世帯住宅にしても生活はすべて別々というのは、義母父たっての願いだった。騒がしい生活はご免だし、好きなものを好きなときに食べたいし、なにより婦夫二人でのんびり過ごしたいと。だから、子どもたち二人の面倒もまるで見てくれなかった。むしろ、うるさいと怒られた。それなのに今さらなにを言っているのだろうか。

隆司も気の置けない友人やお客さんに義父の愚痴を言うことはあるが、彼らから義父に話がいくようなことはあり得ない。みんな良識ある大人たちだ。

「ほんっと、舅って最悪だな」

カートを押しながらつぶやく。

「早く出てってくれないかなあ」

自分の口から出た言葉に驚く。

隆司は鮮魚コーナーでアジやアサリを見るともなく見ながら、おれは義父に出て行ってほしいのだろうかと自問した。これまでそんなこと考えてもいなかったが、自然と口から出てしまうということは、心の奥底ではそう思っているのだろうか。

妻の絵里のことは好きだ。結婚当時のときめきこそないが、愛情はまったく目減りしていない。大好きな妻の両親なのだから、当たり前に感謝して好きにならなければいけないと思ってこれまで過ごしてきた。それが婿の務めだと。

婿というのは、なんなんだろうかとふと思う。名字を妻のものに変えて、無償で義母父の世話役を担う。これが逆の場合、嫁に入る女はたいていは嫁養子だ。実子扱いとなり、財産も法的に守られる。一般的な婿と嫁養子とでは待遇が違いすぎる。不公平極まりない。結局、優遇されるのは女ばかりの世の中だ。

ぼんやりした頭で食材をカゴに入れていく。通路の先で、カートに手をかけたまま立ち話をしている男性二人に見覚えがあった。ともかの小学校のパパさんのような気がしたが、はっきりわからないのでそのまま通り過ぎる。

「あんたたちっ！」

　年配の女性の怒鳴り声に思わず振り向いた。

「男が夜に家を空けて、なにしてる！　女房や子どもたちを置いて、こんなところでくっちゃべってるんじゃないっ！　邪魔だ邪魔だ、どけっ」

　まくし立てるように言い、二人の間に割って入って一方のカートを力任せに叩いた。

「ちゃんと家族の食事作ってんの⁉　どうせ出来合いの総菜を並べてるだけだろが」

　そう言い捨てて、立ち去った。近くにいた人たちが驚いたように見ていた。二人の男性は目を丸くしている。

　隆司はとても嫌な気分になった。七十代後半だろうか。この年代のオバサンは、特に始末が悪い。ＳＮＳでよく取り上げられている、問題を起こすオバサンたちだ。いわゆる老害。

　レジに並びながら、孤独なんだろうなと隆司は思う。日頃、誰からも相手にされないのだろう。オバサンが向かうのは、自分より若い男たちだけだ。さっき、しゃべっていたのがパパではなく、ママたちだったらなんの文句もつけないだろう。

　ゴールデンウィーク明けに、たっちゃんと二人でひさしぶりに飲みに行ったときのことを、ふいに思い出す。まひると、たっちゃんのところの希来里ちゃんは、小さい頃からピアノを習っている。中学校の合唱コンクールが迫っているときで、二人とも各クラスで伴奏をする予定だった。

合唱の曲も最近はいろいろあるねえなどと話していたら、突然近くにいたオバサンが話に入ってきたのだった。古今東西の合唱曲を挙げ、歌うときの注意点など、ひたすら一人でしゃべりまくった。

最初はポカンと見ていた隆司だったが、むくむくと不快感が湧き出てきた。なぜ勝手に人の話を盗み聞きして、我々に断りもせずに話に加わるのだろうか。見ればたっちゃんも、憎々しげな表情でオバサンをにらんでいた。

「あらあら、ごめんなさいね。お邪魔だった？」

オバサンは高らかに笑って、おもねるようにこちらを見た。客商売の性なのか、隆司は条件反射的に、いえいえ、と笑顔を向けてしまった。オバサンは、

「合唱曲ひとつでも勉強するとたのしいわよ！　人生勉強だからね！　男だってこれからよ！」

と言い残し、手を振ってニコニコと去って行った。

隆司は後悔した。なぜ「いえいえ」などと愛想笑いをしたのだろう。無視すればよかったのだ。たっちゃんに「隆ちゃんはやさしいねえ」と言われ、消え入りたくなった。

あのオバサンは、隆司たちが男二人だったから勝手に話に割って入ってもいいと思ったのだ。年下の男だったら当たり前に、オバサンの話をありがたく聞くと思ったのだろう。自分の知識をひけらかし、さぞかし満足だったろう。

「あんた、なによ。その態度は⁉　客にニコリともできないの！　いちばん偉い人呼んで来てよ、今すぐに！」

隆司が並んでいるレジの二人前の女性客が、レジ打ちの男性に向かって怒鳴りはじめた。さっきとはべつのオバサンだ。隆司の前に並んでいた男性はうんざりした顔で、他のレジに移っていった。

オバサンが具体的になにについて文句を言っているのかはわからなかったが、実のところ、具体的な理由など存在しないようだった。

「こっちが金払ってやってんだから、ありがとうございます、ぐらいちゃんと言えってんだよ。蚊の鳴くような声でぼそぼそ言ったって聞こえないんだよ！　ああ、不愉快だ！」

隆司の母よりも少し年上だろうか。ジャージの上下を着て、足元は素足にサンダルだ。

「申し訳ございません」

レジの男性が蒼白(そうはく)な顔色で謝っている。

「店長まだなの！」

「申し訳ございません。少々お待ちください」

今にも泣き出しそうな顔だ。隆司はスマホを取り出して、その女を撮影することにした。

「ちょっと、あんた！　なに勝手に撮ってんのよ！」

　オバサンが隆司のスマホに手をかけようとしたところで、店長が現れた。五十代とおぼしき男性だ。

「店長の村山です。いかがされましたか？」

「あんたがいちばん偉い人？　あんた男じゃないの。女の店長はいないの？」

「わたしが店長です」

「まあいいわ。ねえ、あんたんとこのスーパー、店員の教育どうなってんの？」

　レジの若い男性は不安げに店長を見てから、すがるように顔を覆った。隆司はこの店長の出方を待っていた。どっちだ？　と祈るような気持ちで動画を撮り続ける。味方か敵か、あなたはどっちだ、と。

「この店員、人がせっかく買ってやったっていうのに、ありがとうございますもろくに言えないの。商品を取り扱う手つきも雑だし。見てよ、この鶏肉。トレーがつぶれてるじゃない。この男のせいよ。どうしてくれんのよ」

「お客様、お会計はこれからでしょうか？」

「ええ、そうよ。この男がのろのろやってるから、まだなの。でもこんな商品もういらないわ。だって鶏肉がつぶれちゃってるから」

「お客様、大変申し訳ございませんでした」

　女は満足そうに鼻の穴を広げて、うなずいた。なにかサービスでもしてくれると思ったのだろう。

「今日のところはもうけっこうですので、お引き取りください」

店長はそう言って頭を下げた。

「はあ？」

「お引き取りください」

「なに言ってんの⁉　それが客に対する態度かっ！」

「お引き取りください」

隆司は快哉を叫びたくなった。隆司の期待は見事に受け入れられた。

「だから男の店長なんて、ろくでもないんだ！　こんな店、二度と来ないからな！」

「はい、来て頂かなくてけっこうです。うちは、従業員への指導は徹底しておりますし、また従業員のことを信頼しております。どうぞお引き取りください」

女はわめき散らして、カゴのなかのものをぶちまけた。何人かの客が、隆司と同じようにスマホを向けていた。

「こんな店、つぶれちまえ！」

女はそう言い捨てて、店を出て行った。拍手をしたい気分だった。実際、何人かの客が小さく拍手をした。隆司は撮影をやめて、レジの男性と店長と一緒に落ちた商品を拾った。ありがとうございますと言われ、

「こちらこそ、どうもありがとうございました」

と大きな声で返した。今後もこのスーパーで買い物し続けようと決めた。

スーパーでの動画は、隆司のとっておきとなった。オバサンへの牽制として撮った動画だったが、自分の励みとしてとっておくことにした。店長の毅然とした態度に、世の中、捨てたものじゃないと思えた。あんな上司がいたら、さぞかし働きやすいだろう。

それにしても、団塊世代のオバサンたちには閉口することが多い。ネットでも、オバサンたちの言葉が炎上しているのをよく見かける。

「若い男の子を落とすには、まず知識。彼が好きそうな話題について懇切丁寧に教えてあげれば、もう落ちたも同然。決め手はさりげなく腿にタッチ。足の付け根がなおよし。あくまでもさりげなくね」

そんなパワハラ、セクハラを堂々と書き連ねる神経もいかがなものかと思うが、教えてやっていると言わんばかりの調子が鼻につく。これが、よく言われるところの承認欲求、うんちく欲求というものだろうか。そもそも若い男の子が、自分の母親より年上のオバサンを相手にすると本気で思っているところに、呆れ返る。どれだけ自信過剰なんだ。キモすぎる。

「いらっしゃいませえ」

義父がにこやかに声をあげる。義父と同世代の女性客だ。まだ開店五分前だけれど、義父の客だからいいだろう。理容店だが、当然女性客もいる。義父は顔そりがうまいので、それ目当てで来るお客さんも多い。

「襟足が伸びてきたから、すっきりと刈り上げてくれる？　あと顔そりもお願い」

義父が女性にケープを着けようと腕を前に回したとき、その客が義父の腕をとった。見るともなく見ていると、女性は義父の腕を自分の口に持っていき、チュッと音を立ててキスをした。隆司は驚いた。

「昭平ちゃんの腕って、筋肉質で素敵なんだもの。はい、もう一回チュッ」

そう言って、本当にもう一度、義父の腕にキスをした。隆司は目をみはって凝視してしまった。

「よしてくださいよう」

義父が笑顔で軽くかわす。

「うふふ、まんざらでもないくせに」

そうこうしているうちに隆司のお客さんがやって来て、隆司は仕事に入った。手が空いた隙に隣を見るたび、女性客と義父との距離感がやけに近いのが気になった。あまりに親しげなので、過去に義父となにかあったのだろうかと勘繰りたくなるほどだった。

「昭平ちゃん、どうもありがとね。かっこいい頭になったわ」

「こちらこそ、ありがとうございました」

「また来るわねー」

女性客はじゃあねと言って、義父にハグをした。義父はにこやかにハグを受け入れ、にこやかに見送った。入口でしばらく見送っていた義父だったが、姿が見えなくなったところで「ババア」と、つぶやいたのを隆司は聞き逃さなかった。

義父に声をかけようかとも思ったが、その後の義父は、隆司に嫌みを言ったり隆司のお客さんに軽く舌打ちしたりと、まったくいつも通りの意地悪ぶりだったので、結局そのままになった。

今日は予約のお客さんは少なかったけれど飛び込みのお客さんが多く、気忙しい。こういう日に限って、電話がひっきりなしに鳴る。手が空いているなら電話ぐらい出ろよ、と新聞を読んでいる義父を横目で見ながら、隆司はお客さんに断って電話に出た。

「ありがとうございます。理容室ＳＵＭＩＤＡです」

「こちら、株式会社オノウエアキコ商店と申しますが、代表者さまいらっしゃいますか？」

「どのようなご用件でしょうか」

営業電話なら早く用件を言ってくれと、少し尖った声が出た。

「ええっと、すみません。代表者さまはいらっしゃいますか？」

「わたしです」

この店を取り仕切っているのは隆司だ。

「え？　あれ？　代表者の方のお名前、澄田房子さんとなっていますが……」

澄田房子は、義母の名前だ。理容室ＳＵＭＩＤＡは合同会社となっており、代表者名は女のほうがいいだろうとのことで、便宜上義母の名前を使ったのだ。

「いません」

それだけ言って、隆司は電話を切った。

「誰からだ？」

新聞から顔を上げて義父が聞く。自分は取らないくせに内容は気になるらしい。隆司は、「営業電話です」とだけ答えた。

はーっ、お客さんに気付かれないようにため息をつく。いろいろとモヤモヤする。代表者を義母の名前にしたことも、男では話にならないと思い込んで電話してきたやつも。代表取締役の肩書きを持つ義母は、今頃パチンコにでも行っているだろう。

「シャンプーに入りますね」

笑顔で言いながら隆司は、誰に対してかはわからないが、なんともいえないムカつきを覚えていた。

4

「おはよう」

「……お、おはよう」

「悪いけど、ここ教えてくれる？」

　Aくんが椅子をまたぐように後ろ向きに座って、数学の教科書を広げる。昨日宿題になっていたところだ。

「これこれ、ここの文章問題。ここんとこ、yをxの式で表しなさい、って意味わかんねー。たとえていうなら、猫を犬で表せってことだろ？　できるわけないっての！」

　そう言ってAくんが笑うから、つられて笑ってしまう。猫を犬って、すごい発想だ。

「あのね、これはこの表を見て式を作るんだよ。$y=ax^2$っていう関数の公式があるから、それにあてはめていくんだよ」

　Aくんは、へえー！　と、今はじめて聞いたような声を出してうなずいた。クスッと笑うと、笑うなよう、と肩を突かれた。ごめんごめんと言いながら、式を作っていく。

「なるほど。こういうこと？」

　と言って、Aくんは他の問題を解いた。Aくんのノートは、数字が整っていてとてもきれいだ。

「うん、合ってる」

「やったね。どうもありがと」

Aくんが長い足をひょいと持ち上げて、前に向き直る。

窓の外に目をやる。校庭のイチョウの木が色づいている。校庭の向こうには、たくさんの家々。そのひとつひとつに誰かが住んでいる。こんなにたくさんの人がいるなかで、たった一人のAくんを好きになった。

Aくんのことが好きだという気持ちがあふれてきて、すんでのところで泣いてしまいそうになる。Aくんのことを思うだけで鼓動が高まって、心臓が口から飛び出てきそうだ。

高く青い空。チャイムの音。クラスメイトの笑い声。目にゴミが入ったように装って、開襟シャツの袖口(そでぐち)でそっと目尻(めじり)を拭(ぬぐ)った。

【池ヶ谷良夫】

「あった！　やった！」

良夫はスマホ片手に、リビングで一人ガッツポーズを決めた。夏に受けた教員採用試験。ホームページ上で、今日の十時に合否の発表があった。現在時刻は十時十九分。十時だと混み合うと思い、十時半になったらアクセスしようと思っていたが待ちきれなかった。

合格！　来年度から教員復帰だ！

この件はもちろん妻の由布子も知っている。採用試験を受けると伝えたとき、へえ、通ればいいねー、と軽く返されただけだったので、それ以降具体的な話はしていなかった。子どもたちにも伝えたが、ふうん、とどうでもいいように返されただけだ。

まあいい。家族とはこれから話し合うことにしよう。なにより今は、うれしさが勝っている。良夫は子どもたちに伝えたいことがたくさんあった。特に男子たちには、自分の力で生きていくことの尊さを教えたい。

良夫が中学生の頃は、将来の夢を「お婿さん」と答える同級生がクラスの半数以上いた。今現在も「素敵な妻さんと結婚したい」という男子中学生は一定数いるらしい。

耕介と俊太の将来の夢はなんだろう。どんな職業でもいいし、主夫がいいならそれでもいい。ただ、自分のようになにかをあきらめた上での主夫にはなってくれるな、と良夫は思う。

明知小学校、青空教室。青は塗り絵が好きなようだ。今日は「ドラゴンボール」の塗り絵を持って来た。青に渡すと、集中して色鉛筆で細かく塗り出した。どんどんうまくなっていくのがわかる。

今日は良夫が屋外の当番なので、青にも声をかけてみた。塗り絵に夢中なので外には出ないだろうと思っていたが、意外にも青はうなずいた。田島さんと一緒にいるのが嫌なのかもしれないと、つい余計な想像をしてしまう。

十月。いい季節だ。運動場を吹き抜けていく風が気持ちいい。昨日は急に寒くなって、衣替えを急がなければと気が急いたけれど、今日は一転、また夏に戻ったような陽気だ。子どもたちは、みんなそれぞれに遊んでいる。男子はサッカー、女子はドッジボールが多い。ドッジボールはここ最近、明知小の女子の間で流行っている。青はといえば、鉄棒で逆上がりの練習をしている。

「腕の力だけじゃなくて、お尻を持ち上げて、お腹を鉄棒につけるようにするといいよ」

良夫がアドバイスをすると、少しだけフォームがよくなった。青は根気よく何度も繰り返している。きっと近いうちにできるようになるだろう。

え？

今、なにか見えたような気がして、良夫は青を振り返った。青が腕に力を入れ、足を振る。見えた。今、確かに見えた。良夫は、長袖シャツからのぞく青の腕を再度見た。ひとつ呼吸をして、心を落ち着かせる。

「青さん。それ、どうしたの」

青の腕にはアザがあった。青は良夫の質問を無視して、足を蹴り上げている。良夫は目を凝らした。ズボンの裾がめくれ上がってすねが見えた。すねにもアザがあった。すねのほうは黄色みを帯びているので、日数が経過しているのかもしれない。

「どこかにぶつけた？」

青はなにも答えない。

「誰かに叩かれたり蹴られたりした？」

青は良夫の顔をじっと見て、お父さん、と言った。それから、また逆上がりの練習をはじめた。

良夫は深呼吸をした。冷静になれ冷静になれ。

自分が気付いたということは、おそらく学校の先生はすでに知っているだろう。だとしたら、なにかしらの行動を起こしてくれているに違いない。

青が、これまでにない勢いで足を振り上げた。良夫は青の腰に手を添えて、やさしく押してやった。「痛い」と言うと同時に、青がぐるりと回った。

「逆上がり、できた」

「うん、できたね」

腰に手を添えた際、ほとんど力は入れなかったので痛いはずはないと良夫は思う。ちょっと見せてくれるかなと断り、良夫は青のシャツの裾を少しだけめくった。背中から腰にかけて、赤い筋のような線が入っていた。ズボンを下ろして確認したかったが、それはできない。

「青さん、ここ触ると痛いんだね？」

青はなにも答えずに、「逆上がり、できた」と再度言った。できたね、と良夫も再度うなずいた。

良夫は、青の父親への怒りで身体中の血液が沸騰しそうだった。

「青さん」

青の名前を呼ぶと、青の父親への燃えるような怒りは影を潜め、今度は一転、嗚咽しそうなほどの悲しみがやってきた。どうして、こんな小さい子どもに手をあげることができるのだろうか。どうして、こんなにアザができるほど殴ることができるのだろうか。

涙がにじみ出そうになり、良夫は思わず空を見上げた。今日もきれいな青空だ。この青空の下、小さな女の子が傷ついている。こんなこと、絶対にあってはならないことだ。

青空教室に戻る際、良夫は職員室に寄り、二年二組の青の担任と話をした。二十代の男性教諭である白石先生も、今日の青のアザを知っていた。

「腕だけだと思っていました。青さん、なにも言わなかったので……。お父さん、と言ったんですね。わかりました。どうもありがとうございます。今日のお迎えはお父さんですか？」

「はい、いつもたいていお父さんです。たまにおじいちゃんのときもあります」

「わかりました。すぐに校長に伝えます」

良夫も白石先生と一緒に校長室へ出向いた。

「えっ！　まだ児童相談所に連絡されてないんですか⁉」

白石先生が、不快感をあらわにして校長に詰め寄る。すでに、青のアザのことは校長に伝えていたらしい。

「本当にお父さんって言ったんですか？　青さんは少し多動気味だから、自分で転んだりぶつけたりしたんじゃないのかしら」

「校長先生、青さんのアザを見ましたか？　見た上でおっしゃってるんですか！」

校長のお気楽な物言いに、良夫は猛然と反発した。オレンジ色の口紅を塗った校長はようやく腰を上げ、面倒は嫌なんだけどねえ、とつぶやいた。

「これを放っておくほうが面倒なことになりますよ！」

白石先生がちょっとびっくりするようなボリュームで言うと、校長は冗談冗談、と笑った。

その後、白石先生は青空教室に顔を出し、そのまま青を連れて行った。青は素直だった。白石先生が味方だということを、ちゃんとわかっているのかもしれない。

おそらく青はこのまま、児童相談所に行くことになるだろう。校長が父親に連絡を入れることになっているが、お迎えの時間も近いため、行き違いでこちらに来る可能性もある。父親が迎えに来たら、職員室にすぐに連絡することになっている。

「なに？　なんかあった？」

できるだけ何事もなかったかのように青の持ち物をまとめたが、めざとい田島さんが嗅ぎつけた。

「もしかして虐待されてたとか？」

良夫は驚いて田島さんを見た。

「やっぱりそうか。池ヶ谷さん、すぐ顔に出るからわかりやすい」

嫌な奴だ。どちらにせよ、共に青の学童指導員である田島さんには伝えなくてはならないだろう。良夫は簡単に事情を説明した。

「あの父親ならやりかねないな」

腕を組みながら、したり顔でうなずく田島さんに、なんであんたにそんなことがわかるんだ？　と聞いてみたかった。そこではたと我に返る。青をあんなふうにした父親には怒りしかないが、どこかでシングルファザーである青の父に肩入れしている自分もいるのだった。

「遅くなってすみません！　神崎ですけど」

インターホン越しに息せき切った声が聞こえた。すでに児童はみんなお迎えが来て帰ったあとだったので、教室には誰もいなかった。少々お待ちください、と良夫は答えて、職員室に連絡を入れた。おそらく青空教室の出入口で、他の教員が待機していることだろう。

「どうなるんだろうね。警察に連行されるのかな？」

いつもはとっとと帰るくせに、今日に限ってまだ残っている田島さんが愉快げな口調で言う。体格差、体力差を盾に、男が女に手を出した場合は即逮捕だが、我が子に対してだけ、法律はグレーゾーンだ。しつけという、手前勝手な名目が成り立っている状況である。

「田島さん、ずいぶんうれしそうですね」

良夫が返すと、そんなことあるわけないでしょ！　と語気荒く返し、すっと顔を引き締めた。

虐待の疑いがある親と、保護された子どもはしばらく会えないことになっている。ここからは児童相談所の管轄になると思うが、とにかく青には安全な場所で安心して過ごしてもらいたい。

「でもまあ、しばらくしずかに過ごせるね。よかったよかった」

良夫は深いため息をついた。


良夫が帰宅したとき、すでに良夫以外の家族は帰宅していた。

「腹減った。夕飯なに？」

耕介が聞く。俊太はゲームに夢中だ。由布子はお茶を飲みながら、ダイニングテーブルに新聞を広げて読んでいる。教員の残業時間が問題になっているが、由布子の帰宅は早い方だ。遅くまで残業して身体を壊すよりはいいが、きっと要領よくやっているんだろうと想像する。

今日は教員採用試験の合格を祝って、寿司でも取ろうかと考えていたけれど、青のことを思うと、なんだか気が引けた。けれど、夕飯の支度はなにもしていなかった。

「たまには外食するか」

「やったね」

「なにがいい？」

「やっぱ焼き肉だな」

「えー、胃もたれする」

由布子は言うも、子どもたちはおかまいなしだ。

とりあえず車で出かけることにした。行こうと思っていた評判の焼き肉店は定休日で、焼き肉食べ放題のチェーン店は満席だった。

「回転寿司でいいじゃない。お寿司が食べたいわ」

良夫の気持ちを知ってか知らずか由布子が言い、最終的に回転寿司店に入ることになった。のれんをくぐって入るような寿司店には、とてもじゃないが子ども二人を連れては入れない。耕介と俊太で、一ヶ月分の食費が飛ぶことだろう。

四人がけのボックス席。レーン側に座るのはたいてい由布子と耕介だ。二人がある程度注文したあとで、良夫と俊太が注文することになる。

良夫は画面にタッチし、ビールを注文した。

「は？　なんでビール？　帰りの運転どうするのよ」

由布子が不審そうな顔で良夫を見る。

「お祝い。教員採用試験に合格したんだ。帰りの運転頼む」

「えー、わたしも飲みたいんだけど、まあ、いいわ。試験受かったのね、よかったじゃない」

「なにお父さん、教師になるの？」

「えっ、マジ？　先生ってこと？」

耕介と俊太が顔をあげる。

「いつから？」

「来年の春から」

へえー、と子どもたちが声をそろえる。

「ねえ、パパが働きはじめたら、ご飯とか掃除とかどうするの？」

「家事はぜんぶ半分ずつ分担しよう」

「えー⁉　無理に決まってるじゃない」

由布子が不機嫌な声を出したところで、ビールが届いた。

「乾杯！」

良夫がジョッキを掲げると、いつの間にかコーラを頼んでいた耕介と俊太もグラスを掲げた。

「お父さん、おめでとう」

耕介が言い、俊太も、おめでとうと言ってグラスを合わせた。

「わたしも仲間に入れてよ」

由布子がお茶の入った湯飲みを持ち上げる。家族四人で乾杯し、良夫は一気に半分ぐらい飲み干した。ひさしぶりのビール。胃がキンと冷える感じが心地よかった。

寿司をつまみながら、良夫の脳裏に何度となく青と青の父親のことが浮かんだ。そのたびに、自分にできることはないのだから仕方ないと言い聞かせ、彼らに意識を持っていかれないよう心がけた。

「これから忙しくなると思うから、耕介も俊太も家のこと手伝ってな」

良夫の言葉に、二人はにやにやしただけではっきりとは答えなかったが、ちゃんとわかってくれているはずだと思う。

問題は、妻の由布子だ。家事の分担が増えると、些細なことで感情的になり、良夫や子どもたちに当たりまくるのが目に見えている。想像するとどこまでも憂鬱になるが仕方ない。

と、そこまで考えたところで、近頃「仕方ない」で片付けることが多いことに気付く。面倒なことはすべて「仕方ない」というラベルのついた引き出しに仕舞ってしまう。年をとったせいかもしれないが、よくないことだと反省する。

次々と注文し、ろくに咀嚼もせずに寿司を飲み込む子どもたちをまぶしいような心持ちで眺め、大きくなったなあと思う。感傷に浸る間もなく、テーブルの上でどんどんと山になっていく皿を見て、これだけ食べれば当然かと苦笑する。

「回転寿司でよかった。破産するところだったよ」

　良夫が肩を持ち上げると、まだまだ食えると耕介は言い、おれラーメン食べようっと、と俊太が画面にタッチした。由布子は、寿司の合間にケーキをつまんでいる。

　でもまあ、こうして家族四人がそろっているのはいいことだ。とりあえず、来年のことは来年考えることにしようと良夫は思った。


　神崎青のその後は、わからなかった。白石先生にたずねてみたが、情報はおりてこないとのことだった。もしかしたら校長は知っているかもしれないが、極秘扱いなのだろう。

　青はおじいちゃんのことが好きだったから、おじいちゃんと一緒にいられないだろうかと思うが、外の人間がとやかく言うことではないだろう。とにかく、青の安全をいちばんに考えたい。

「シングルファザーなんて自業自得でしょ。それで子どもを虐待して、シングルに冷たい社会だとか補助金よこせとか、ほんとおかしいと思いますよ。すべて自分で選んだんだから自分の責任でしょ」

　青のことがあって以来、田島さんが毎度同じようなことを言うので、良夫はほとほと辟易（へきえき）している。田島さんは、妻の由布子と同じだ。由布子は、シングルファザーという言葉を見聞きするたび、自業自得だと言う。自分で稼げないんだったら、離婚するんじやないわよ、と小鬼のような顔で吐き捨てる。そのたびに良夫は強いストレスを感じる。

「青さんの父親もさ、離婚しなければよかったんだよ。妻さんが男を作って出て行ったってことだけど、実際は青さんの父親が追い出したらしいですよ。だから、家のローンも結局ぜんぶ一人で支払わなくちゃいけなくなったみたいね。まったくさ、女の浮気ぐらいどうってことなくない？　そもそも男の甲斐性がないから、妻さんに浮気されたんでしょ？　妻さんがいればフルで働かなくてもよかっただろうし。青さんへの虐待だって、自分が忙しくて余裕がないから手が出たんでしょうに。全て自分の責任ですよ。そう思いません？　池ヶ谷さん」

出た。自己責任論。離婚も貧困も病気も生まれた環境も、身体が不自由なのも不器量なのも疫病にかかるのも、すべて自分が悪いという暴論。人が自分の利益だけを追求して、困っている人に手をさしのべないと、経済的に衰退していくことを知らないのだろうか。

　田島さんのような人からすると、自分が男であることも、有色人種であることも、すべては己の責任ということになる。

　そもそも、男が女に食べさせてもらうのが前提というのがよくわからないし、妻がいたら、フルで働かなくてもいいという考え方がおかしい。

「じゃあ、禿頭も自分の責任ですね」

と、かなり髪が薄くなっている田島さんに言ってやりたかったが、心のなかにとどめ、なずいた。

「うちの妻と気が合いそうですね」

とだけ返した。へえ、そうなんですか、と田島さんはまんざらでもなさそうな顔でうなずいた。

日常は慌ただしく過ぎていく。良夫は健康診断に赴き、良夫の娘と言ってもいいような年頃の若い医師に問診された。

「中性脂肪の値が少し気になりますね。運動してますか?」

「いえ、特に」

「お仕事はパートかなにかですか?」

パートかなにか、とはなんだろう。不愉快な聞き方だ。

「いえ」

そう答えても続きがあるわけではなく、「タバコは吸わないんですね」とくる。なにも答えないでいると、

「パパ友とランチとかよく行くんですか?」

と、半笑いで聞かれた。

「いいえ。行きませんけど」

「ああ、そうなんですね。ほら、よくファミレスでダべってるパパさんたちいるでしょう? あれ、見苦しいなあと思って。あはは」

なにもおかしくなかった。

「池ヶ谷さんは専業主夫ですか？　家事の合間にお菓子とかよく食べたりします？」

「いいえ」

専業主夫とお菓子の両方に対して、良夫はいいえと答えた。

「脂質を控えて、運動してください。以上です」

医師はそう言うと、椅子をくるっと回転させ机に向き直った。ひとつに束ねた長い髪が跳ねて良夫に当たりそうになり、思わず顔を引っ込めた。医師は、それきり良夫のほうを見なかった。

あれで医者と言えるのだろうか。良夫は、鼻息荒く帰り道の自転車をこいだ。パート勤務や専業主夫をばかにした態度。当たり前に男を見下す物言い。良夫は、特に仲の良いパパ友はいないのでランチなどはしたことがないが、パパたちがファミレスでランチをして、なにが悪いのだろうと思う。

世のパパたちは、家のことや子どものことを一手に引き受けているのだ。掃除は掃除機をかけるだけではない。風呂場、洗面台、トイレのカビや水あか取り、台所の油汚れ、窓拭き、サッシ掃除、玄関、外回りの掃き掃除、棚の上のほこり取りなど、あげればキリがない。

洗濯だって洗濯機を回して、干して畳むだけではない。季節に合った服の入れ替え、クリーニング店への持ち運び、布団干し、カーテンの洗濯など、実にさまざまだ。食事作りだって、栄養バランスを考えての日々の買い物や料理は大変だ。

　子どものことだってそうだ。学校への持ち物の用意。学納金等の釣り銭なしでの金額の準備。習い事の日程、用事があったときの振り替え、調整。予防接種。病気やケガでの通院。すぐに履けなくなるうわばきや靴。身体に合った服や下着の買い足し。弁当作り。あげればキリがない。あらゆることを組み合わせて同時に考え、動かなければ回っていかない。パパ友とのランチだって、立派な情報交換の場だ。

　こんなことが女にできるのか、と良夫は言いたい。集中できる環境で、八時間の仕事をしているほうが、どれほど気が楽か。

　良夫はペダルをこぐ足を止めて、空を見上げた。秋晴れの気持ちいい青空に、うろこ雲が広がっている。このところ、ぐっと朝夕の気温が下がってきた。あんなに暑かった夏も、過ぎてしまえばつかの間の幻のように思える。

　感慨深く感じる気持ち半分、やけにあせるような気持ち半分だった。


　俊太の中学校で運動会があり、耕介の高校で文化祭があった。俊太はリレーの選手で、良夫が思っていた以上に足が速かった。一人抜かして首位に立ったときは、思わず大きな声をあげてしまった。

　由布子は、たまの休みくらい寝かせてと言い、俊太の勇姿を見に行かなかった。これまでの二人の子どもの運動会や発表会などに、由布子はほとんど参加していない。教師という職業柄、入学式や卒業式の参加が難しいのはわかるが、仕事のない日もなにかしら理由をつけて断った。父親が行けばそれで充分だし、母親の出る幕じゃないと言って。

耕介の高校の文化祭には、俊太と二人で出かけた。反抗期とはいえ、兄の高校の様子は気になるらしかった。耕介のクラスの出し物は和風喫茶で、割烹着姿でお茶と団子を運ぶ息子を見られたのはうれしかった。良夫は、高校生が放つ若さに圧倒され、懐かしさと、かすかな羨望で少し胸が苦しくなった。人生もとうに半分を過ぎたのだと、唐突に思った。


十一月も間近に迫ったその日、連絡もなしに十時を過ぎて帰宅した由布子が、

「ヤバい」

と言い出した。

「マジでヤバい……」

「食事は？」

由布子はなにも答えず、中学生のように、ヤバいヤバいと繰り返す。五十にもなろうという人間の語彙力とは思えない。

「……マズいことになったわ」

見れば顔面蒼白だ。ただならぬ妻の雰囲気に、良夫の胸に嫌な予感がせりあがってき

た。こんな由布子の顔をずっと昔も見たことがあった。あれはいつだっただろうか。

「なにかあったのか」

「……わたし、逮捕されるかもしれない」

由布子はそう言って膝をついた。

その後由布子から聞かされた話に、良夫はただただ驚いた。到底信じられる話ではなかった。この話が事実だとしたら、そんな人間と結婚した奴を呪い殺したくなる。むろん、奴というのは良夫のことだ。

「冗談のつもりだったのに、告発するなんて汚いのよ」

「冗談のつもりだって!? 新人教師の服を破ったり、氷水をぶっかけたり、ジャージのズボンを下ろしたり、ノートパソコンを隠したり、無理やりキスを強要したりすることが！」

イジメ、パワハラ、セクハラ、モラハラ……。良夫がもっとも忌むべき、ハラスメントのオンパレードだ。

「うるさい！　大きな声出さないでよ！　わたし、ちゃんと謝ったんだから！　謝ったのに、あいつ、校長にチクったのよっ」

良夫は、目の前にいる女を呆然と眺めた。まったく見ず知らずの人間に思えた。謝ったから、許してもらえるとでも思っているのだろうか。許す許さないを決めるのは、被害を受けた側だけだ。

「だいたい、先にケンカを売ってきたのはあいつなのよ。女性は優遇されてる、女だけに生理休暇があるのはおかしい、男にだって下半身の悩みはある、女男差別だ！　なんて的外れなことを言い出したのよ。月経と男の下半身の悩みは同列じゃないでしょ！　男に生理の辛さがわかるかっての」

「……それはまあ確かに、的外れだけど」

「でしょ！」

女男では身体のつくりが違う。体格差、体力差を是正するための女性優遇は当然のことだ。そういうところから、女男差別の話に持っていかれると困ってしまう。

でもだからといって、いじめていいわけではないし、セクハラ、パワハラなどもってのほかだ。

「その男性教諭はどうしてるんだ？　学校に来てるのか？」

「……休んでるわ。心神耗弱状態だって。先週まで元気に来ていたのに、まったくおかしな話よ」

「クビになる前に、辞表を出したほうがいい」

「なんでわたしが辞めなきゃならないのよ！　あいつだって最初は一緒になって喜んでたのよ！」

金切り声をあげて開き直る女を薄ら寒い思いで見ながら、良夫は今年の世界女男平等ランキングで、日本は史上最低の百二十五位だったことを思い出した。

生きたいように生きたい、と良夫は今、真摯に思った。これからの人生のほうが、これまでの人生より短いのだ。不満を持ったまま、残りの人生を生きてどうする。気分をふさがれるような人間と、なぜ一緒にいなくてはならないのか。

「もうっ、どうしたらいいのよっ！　マスコミにでもバレてニュースにでもなったら一大事よ！　だから男って嫌なのよ！」

そう言って頭を抱える妻の顔を見て、良夫は思い出した。由布子と付き合っていた当時のことだ。由布子が運転する車で細い路地に入ったときに、横を歩いていた人にサイドミラーがぶつかったことがあった。

助手席に座っていた良夫はすぐさま車を降りて、その男性に謝った。幸いスピードも出ておらず、腕をかすっただけでケガはなかった。男性も、いいですよ、と言ってくれ、そのまま去って行った。

「なにあの男。なんで車が入ってきたのに止まらないわけ？　歩いてたらぶつかるに決まってるじゃない。わたしは悪くないわ。ったく、新車なのにケチがついた」

男性に謝りもせずに、由布子は文句を言った。あのときも、今とまったく同じ顔をしていた。心のどこかでは自分の過失を認めおびえているくせに、女の自分が男に対して大きな声でまくし立てれば、自然と問題が解決して、犯した罪さえも消えると思っている、見当違いの自信に満ちた卑屈な顔。

あのとき、なぜ気が付かなかったのだろう。昔から由布子はまったく変わっていない。

離婚したい。

良夫は唐突に思った。いや、唐突ではない。いつだって良夫の頭にはその二文字が浮かんでいたが、見て見ない振りをしていた。

わめき散らす妻を眺めながら、良夫はこの家を出ていく算段を冷静に考えていた。

5

ぼくは、みんなと少し違う。だって、男子はたいてい女子を好きになる。一年生のなかでも、付き合っているカップルは何組かいる。みんな男と女だ。一緒に帰ったり、たまに手をつないでいるところを見かけたりする。

このあいだ「学年活動」の時間に、LGBTQについての講義があった。講義しにきてくれた先生は、生まれたときの性は男性だったけれど、小学校低学年の頃から自分の性に違和感があったそうだ。そのことを誰にも言えなかった中学高校時代は、地獄だったと言っていた。大学生のときに両親に気持ちを伝え、そこからは女性として生きることに決めたらしい。

LGBTQのGは、ゲイのGだ。ゲイというのは、自分のことを男性として認識していて、かつ男性を好きなセクシャリティのことだ。きっとぼくは、これに当てはまるんだと思う。

LGBTQの人は、十三人に一人いるという統計があるそうだ。三十六人のこのクラスだと、二～三人はいることになる。でも、誰もそんなそぶりは見せない。ゲイの人はいるのだろうか。だとしたら、誰だろうか。

Aくんと、堂々と手をつないで一緒に帰れたらいいなあと想像する。相思相愛になって、いつかキスをしたいと思う。

と、そこまで考えて、自分の考えていることのいやらしさに泣きたくなる。そんな不埒なことを考えたらバチが当たる。

Aくんの髪に手を入れたり、耳たぶを触ったり、固くて薄い背中に口づけたり……。

ああ、まただ。なんでぼくは、こんなことばかり考えてしまうんだろう。誰かに頭のなかをのぞかれてたらどうしよう。恥ずかしくて消えたくなる。

【中林進】

もうすぐ三階というところで、すでに腿が痛い。息があがる。運動不足だ。ジムにでも通うかと、進は真剣に考える。

「中林さん、こんにちは」

階段の途中で足を止めたところ、後ろから声をかけられた。

「ああ、澄田さん。先日はお疲れ様でした」

「いえいえ。こちらこそです」

つい先週、PTA総会でのお茶いれで会ったばかりだ。ペットボトルを机に置いて、袋菓子を紙皿にのせて出すだけの簡単な仕事。面倒なことはひとつもなく、あっという間に終わった。

「四階まで息が切れますよね。子どもたち、毎日ここを上り下りしててすごいなあ。やっぱり若さですかねえ」

と言いつつ、澄田は足どり軽く上っていく。進も気合いを入れてついていった。

「じゃあ、うちは一組なので」

澄田が会釈して、階段脇にある一組の教室に入っていった。今日は一、二年生の授業参観だ。受験生の三年生は、来月別途、授業参観と説明会がある。今日は蓮のほうだけなので、行ったり来たりしないで済み、助かる。

蓮は三組だ。進は息を整えながら、いちばん奥の教室まで廊下をゆっくりと歩いた。三組の廊下に絵画が貼り出されていた。美術科の課題だろうか。絵の内容は自由らしく、静物もあればアニメキャラクターもあり、風景画もあった。進は、蓮の絵をさがした。

――「水の世界」　中林蓮――

抽象画だった。薄い水色を基調として、ピンクや黄色のドット模様がところどころ入っている。とても幻想的で、今にも人魚が泳いできそうな雰囲気だ。

蓮の絵はすばらしく、一人だけ格段に目立っていた。進は鼻が高かった。蓮は美術部に所属しており、小学生の頃は絵画教室に通っていた。

教室では、すでに授業がはじまっている。腰をかがめて教室に入る。父親の姿ばかりで、母親は一人だけだ。中学生ともなると、保護者の人数もかなり少ない。小学校の頃は親の出番が多かったため、パパさんと子どもの名前と顔が一致していたが、原杉中学校は三校の小学校が集まっているので、他校出身の生徒や親の顔はほとんどわからない。

クラス全体を見渡し、ほどなく蓮を見つけた。小柄で、少し茶色がかった髪。うつむき加減で頬杖をついている。数学の授業。中学一年とはいえ、なかなかむずかしいなあと思う。高校の数学になったら、自分にはもうお手上げだろう。

「あ、どうも」

ふいに声をかけられ目をやると、遅れて入ってきた池ヶ谷が進の隣に立った。進は軽く会釈するにとどめた。あなたが駄々をこねたPTA総会のお茶いれ、滞りなく終わりましたよ、と言ってやりたかった。ペットボトルを置くぐらいのことで、女男平等、男性の権利などとグダグダ言っていたら、日々のことがまったく進まないですよ、と。

「……方程式ですかあ」

池ヶ谷がひとりごとを言う。数学は苦手です、と続ける。進に話しかけているわけではなさそうだったので無視した。

「あ、俊太の後ろが、蓮くんですね」

今度は進に顔を寄せて、耳打ちするように言われた。どうやら蓮の前にいるのが、池ヶ谷の息子の俊太くんらしい。

「そうなんですね。わたしは子どもたちの顔がさっぱりわからなくて。池ヶ谷さんはよくご存じですね」

「ほら、入学式のときに蓮くんが挨拶したでしょ。聡明そうなお子さんだなあと思って、印象深かったですから」

　どうもありがとうございます、と進は礼を言った。入学式のとき、蓮が新入生代表で挨拶をした。二年前は、姉の鈴も代表だった。我が家の誇らしい二人の子どもたち。

「はい。では、この問題を前に出て解いてもらいますね。ええっと、じゃあ、誰にしようかな。はい、じゃあ今、目を伏せた池ヶ谷くん」

　数学の教師が指すと、教室は笑い声に包まれた。池ヶ谷の息子が頭をかきながら、前に出る。クラスメイトが笑顔で注目している。俊太くんは黒板の前で少し考えたあと、問題を解いた。席に戻るまで、多くの生徒が俊太くんを目で追っていた。

「……ギリギリ解けたって感じだな」

　池ヶ谷が苦笑しながらつぶやく。

　俊太くんは、クラスの人気者なんだろうなと進は思った。見た目もいいし、口数は少ないようだけれど誠実そうな印象だ。バスケ部だと言っていたから、スポーツも得意なのだろう。目立ちたがり屋というわけではなく、自然と目立ってしまうタイプのようだ。女生徒からも人気があるのではないだろうか。

「反抗期で大変ですよ」

　池ヶ谷が言う。進は、そうですかと当たり障りなく返した。蓮には、反抗期というほどのものはない。中学生になってから口数は減ったが、元々自分から率先して話をするような子ではなかった。姉の鈴もこれといった反抗期はなかった。もっとも、鈴は幼い頃から思ったことをなんでも口にするので、屈託のようなものはないのかもしれない。

数学の授業は滞りなく進んでいき、穏やかな雰囲気のまま終了となった。このあと保護者向けの懇談会があり、子どもたちは下校となる。保護者たちはいったん廊下に出てホームルームが終わるまで待機した。

「わたしはお先に失礼しますね」

池ヶ谷はそう言って、足早に帰っていった。懇談会には出席しないようだ。

ホームルームが終わり、子どもたちが教室から出てきた。蓮を見つけて声をかけたが、ひどく迷惑そうな顔だったのでおかしくなる。親と話しているところを、友達に見られたくないのだろう。大人の階段を上っているんだなと、うれしいようなどこかさみしいような気分になる。

懇談会がはじまるまでの間、進は教室の壁に貼ってある自己紹介カードを眺めた。名前と写真、得意科目、好きなこと、将来の夢、今年の目標、を書くようになっている。蓮のものはすぐに見つかった。入学当時の写真らしく、顔が幼い。まだまだ子どもだと思っていたが、こうして見るとほんの半年ばかりで驚くほど顔つきが変わっている。

名前――中林蓮

得意科目――理科、美術

好きなこと――漫画を読むこと、絵を描くこと

将来の夢――お婿さん
今年の目標――勉強をがんばる
へえー、とうなずきながら読んだ。将来の夢に「お婿さん」と書くところが幼い気がして多少心配になると同時に、素直ないい子だなあとも思う。
蓮の他に「お婿さん」と書いているのは、もう一人だけだった。男子は公務員、ショップ店員、カフェ店員、スポーツ選手、看護師、保育士、ＯＪ（オフィスジェントルマン）が多かった。キャリアマンと書いている子もいた。
女子は、YouTuberなどの動画投稿者やゲームクリエイター、物づくりクリエイター、会社経営者、弁護士、医師が多い。
池ヶ谷の息子のカードをさがす。あったあった。蓮と同じく、今日見た顔よりも幼い印象の写真だ。この年齢の男子は成長による変化が大きい。
名前――池ヶ谷俊太
得意科目――体育
好きなこと――バスケットボール
将来の夢――毎日をたのしむことができる大人になりたい
今年の目標――数学をがんばりたい
なかなかしっかりしている、と進は思った。「毎日をたのしむことができる大人になりたい」とは、すばらしいではないか。父親は面倒くさいタイプだが、息子はいい子らしい。

先生が戻ってきて、保護者たちは自分の子どもの席についた。蓮の机のなかはきれいに整頓されている。というか、ポケットティッシュがひとつ入っているだけだ。教科書は持ち帰っているし、その他のものはうしろのロッカーにきちんと仕舞ってある。

ふと、前の席の池ヶ谷の息子の机のなかをのぞく。教科書やプリントがぎゅうぎゅうに詰め込まれていて、机の幅からはみ出している。思わず笑みがもれる。

懇談会では、ネット利用についての話が主だった。ＳＮＳの使い方、暴力的、性的な画像や映像の扱いについて、プリントが配られる。特に男子はＳＮＳがきっかけで、性的な事件に巻き込まれることが多いとのことで、注意喚起がなされた。

確かにこのところ、少年がＳＮＳで知り合った成人女性とトラブルになるという事件が頻発している。実際に相手の女性に会い、性行為に及んで写真や動画を撮られたり、または、うまいことを言われて自分の裸の写真を送ってしまったり。そして、それらの写真や動画をポルノサイトに投稿されたり。一度ネットに出たものは、瞬く間に全世界にさらされてしまう。たとえ元データを削除したとしても、完全に消えることはない。

女の子はやんちゃのひと言で済むが、男の子がこんな目にあったら、まず結婚はできないだろう。どこにいてもビクビクと生活しなければならない。

おそろしい時代になったものだとつくづく思うが、でも、蓮にはそんな心配はいらないだろう。そんなものに引っかかるほど、あさはかな少年ではない。けれど見た目がかわいらしいので、オバサンの標的になりやすいかもしれない。帰ったら、ひとこと注意しておこう。

懇談会が終わり、進は校舎内をゆっくりと歩いた。蓮は今頃、部活だろう。美術室をのぞきたかったが、嫌がられるだろうと思い我慢した。体育館前を通ると、ボールを弾ませる小気味よい音が耳に届いた。バレー部だろうか、バスケットボール部だろうか。懐かしさがこみ上げてくる。

進は中学時代、卓球部だった。弱小部で卓球だかピンポン遊びだかわからないと、よくみんなにからかわれたが、部活動自体とてもたのしかった。高校は卓球部がなかったので、女子バレーボール部のマネジャーになった。強豪校だったので、彼女たちを支えるのは誇らしかった。

グラウンドでは野球部、ソフトボール部、サッカー部が走り回っている。吹奏楽部だろうか、トランペットの音がグラウンドに届く。夕暮れに向かう高い空。子どもたちの声。

ああ、健やかだ、としみじみと思う。この子たちみんなに幸あれ！　進は心からエールを送った。

「おかえり、蓮くん」

部活動を終えた蓮が帰ってきた。鈴はひと足先に帰宅して、二階の自室にいる。

「ただいま」

「授業参観、よかったよ」

進が言うと、こくりとうなずいた。

「今日は塾だよな。お腹空いたでしょ。おにぎり作ろうか」

「うん」

「着替えておいで」

蓮はかすかにうなずくようなそぶりを見せて、二階へと上がっていった。

進は、鈴と蓮のためにおにぎりを握った。今日は二人とも塾だが、別々の教室に通っている。鈴は集団進学塾で、蓮は個別指導塾だ。

ドタドタと勢いよく、鈴が下りてきた。

「これ、どっちがわたしの？」

「黄色のお皿が梅干しだよ」

鈴は梅干し、蓮は昆布だ。

「今日テストだから、早めに行く。行ってきます」

おにぎりを食べて、鈴は出て行った。

制服から着替えた蓮が下りてきて、テレビをつける。海外のテレビシリーズ。進にはどこがおもしろいのかさっぱりわからないが、蓮は昔から好きで、いろいろなシリーズを見ている。

「おにぎり、そこにあるよ」

「うん」

「一つでいい？　二つ食べる？」

「一つでいい」

テレビを見たまま答えて、テーブルの上に置いてあった頂き物の焼き菓子を食べはじめる。

「麦茶いれようか」

「うん」

甘やかしてるなあと思いつつ、進は甲斐甲斐しくグラスに麦茶を注いで蓮の前に出した。

低体重で生まれてきて、病気がちだった蓮。小学校低学年までは、体調不良で学校を休むことも多かった。早生まれで、体格はまだ同級生たちに追いつけないけれど、それでも入学式のときに比べたら、身長も体重もぐんと増えた。進はたまに、蓮が赤ん坊だったときの父子手帳を開き、祈るように記していた成長記録を読む。

だから、こうして蓮が食べている姿を見るだけでうれしくなる。相当な親バカだと、進も自認している。

「懇談会でSNSの利用について話があったよ。事件に巻き込まれることもあるから、充分気を付けて使用してください、って」

「うん、わかってる」

テレビを見たまま、答える。

「送っていこうか」

おにぎりを食べ終わった蓮に声をかけると、「なんで？」と返された。

「いや、寒いかなと思ってさ」

「お姉ちゃんは？」

「自転車で行ったよ」

「ぼくも自転車で行くよ」

そりゃそうかと思い、そうだな、とうなずく。

「行ってきます」

「行ってらっしゃい」

玄関先で言いつつも、そのまま一緒に外まで出て蓮を見送った。外はすでに真っ暗だ。日が短くなった。ついこの間まで夏だったというのに、季節はあっという間に秋を通り、もう、すぐそこまで冬が来ている。

風が吹き、足元の枯れ葉がカサカサと音を立てた。小さくなってゆく蓮の後ろ姿を見ながら、進はやけに郷愁めいた気分になる。

藍色(あいいろ)の空に星がひとつ浮かんでいた。

蓮が出て行ったすぐあとに、妻の千鶴が帰ってきた。二人で先に夕食をとる。

「千鶴さん、ビール飲む？」

「今日は寒いからいいや。ねえ、梅酒はまだある？」

「あるよ」

夏前に漬けた梅酒。炭酸で割って夏にさんざん飲んだけれど、まだ少し残っている。

「お湯割りで飲もうかな」

「いいね」

今日は慌ただしかったので、簡単に鍋にした。鶏肉、海老、豆腐、白菜、長ネギ、椎茸。子どもたちは豚肉が好きなので、しゃぶしゃぶ用の肉も冷蔵庫に用意してある。

「進さんも飲む？」

「子どもたちが帰ってからにするよ」

進の言葉に、千鶴は満足そうに微笑んだ。

テレビのニュース番組を流しながら二人で鍋をつつく。女性教師による、男子児童へのわいせつ行為についてのニュースだった。胸が悪くなるが、教師といってもしょせんはサラリーウーマンだ。聖職などというほうがおかしい。おおかた、ストレスでもたまっていたのだろう。

そういえば、池ヶ谷の妻さんは教師だと言っていたなと思い出す。こんなニュースを見聞きしたら、池ヶ谷は血管が切れそうなほど激怒するに違いない。

続いてのニュースは、山本涼真事件だった。まだしつこく報道しているとは驚きだ。他に目玉になるようなニュースがないのだろう。まったく平和なニッポンだ。

——春日氏は合意の上での行為だったと述べており、山本氏と法廷で戦う……

「はあーっ、もっとたのしいニュースはないのかしらね」

千鶴がつぶやいて頭を振ったので、テレビを消した。進は話題を変えようと、今日の授業参観のことを話した。

「将来の夢がお婿さん？　ちょっと幼いんじゃないかしら」

千鶴が困ったように笑いながら眉根を寄せる。

「うん、でもまあいいじゃない。かわいいよ」

「あなたは蓮に甘いんだから」

「そういう千鶴さんだって、甘いだろ」

進が目をやった先には、千鶴が買ってきた蓮の好物のシュークリームがある。

「たまたまよ。いつも売り切れちゃうのに、今日はまだあったから」

言い訳するような口調がおかしくて、どちらともなく笑い出した。

「鈴も蓮もいい子に育ってくれたわ。進さんのおかげよ」

「家族のために働いてくれる、母親の背中を見たおかげだよ」

互いに褒め合い、また笑った。

仕事をすると言って千鶴は食事のあとすぐに風呂に入り、書斎にこもった。進はこまごまとした家事を済ませ、鈴から受け取った学校のプリントに目を通した。三者面談の日程についてだ。中学三年の冬到来。いよいよ高校受験、本番となる。

来年五十歳になる進だが、自分が十五歳だった頃のことはよく覚えている。勉強がはかどらなくて、深夜ラジオばかり聴いていた。尾崎豊(おざきゆたか)の『15の夜』をカセットテープがすり切れるまで何度も流し、大人なんてクソだと息巻いた。あれからもう三十五年かと、しみじみと思う。

看護師になって医師の千鶴と出会い、結婚し、二人の子どもを授かった。その子どもがもう高校受験か……。時が経つのは本当に早い。と、そこまで思い、今日はずいぶん感傷的だなと頭を振る。そして、自分はなんと幸せなのだろうかと、突如として思い鼻の奥がつんとした。

「ただいまあ。あー、お腹空いた」

鈴が帰ってきた。

「おかずなに？」

野菜鍋、と答えると、えー？　と不満げな声を出す。

「ダイエットに最適だろ」

進が言うと、口をへの字にした。

「うそうそ、しゃぶしゃぶ鍋だよ」

鍋を火にかけて、しゃぶしゃぶ用の豚肉を投入する。そろそろ蓮も帰宅する頃だろう。

「やったー」

「うどん入れようか」

「うん」

塾のあとは炭水化物をとらないと言っていたけれど、うどんならいいらしい。

鈴がすっかり食べ終わったところで、時計に目をやった。十時十五分になるところだった。蓮の塾は九時二十分までだ。これまでどんなに遅くても、十時前には帰ってきていた。

進はスマホをチェックした。塾でカードを通すと退出しました、という知らせが届く。今日の退出時刻は、九時二十七分だった。自転車だから、もうとっくに着いてもよさそうだ。蓮のスマホに電話を入れるが、気付かないのかしばらく鳴ったあと留守電に変わった。

「蓮、遅いな」

「友達としゃべってるんじゃない?」

スマホをいじりながら鈴が言う。

「そうかな……」

「心配しすぎだよ」

そうだな、とうなずきつつも、心配はぬぐえなかった。もう少し様子を見ようと思い、進はキッチンまわりを片付けた。

「先にお風呂入るねー」

鈴がスキップするような足どりで、風呂場へ向かう。進はたまらずに塾に電話を入れた。

「グロース個別対応進学塾です」

「お世話になっております、中林です」

「ああ、蓮くんのお父さまですか。いつもお世話になっております」

「あの、蓮がまだ帰ってこないのですが……」

なにか言葉を続けようとしたが、ふいに涙がこみ上げてきて喉が詰まった。

「えっ？　十時までには全員がカードを通しましたが、まだ帰宅していませんか？」

「九時二十七分にそちらを出たとメールは届いているのですが、念のために電話してしまいました。塾を出たならいいんです。失礼しました」

「確かにこちらは出ましたが……、蓮くんに限っては、友達とコンビニに寄り道するということもあまり考えられませんし、ちょっと心配ですね。あの、なにかありましたら、わたしの携帯のほうにご連絡いただけますか。教室は閉めてしまいますので」

塾の先生はそう言って、自分の携帯番号を教えてくれた。進は礼を言って電話を切った。蓮のスマホに再度電話を入れる。そのときかすかに音がして、進は二階へかけ上がった。スマホの呼び出し音が鳴っていた。蓮の部屋から聞こえる。蓮はスマホを忘れていったのだった。

「蓮、まだ帰ってないの？」

風呂上がりの鈴が言う。時刻は十時四十五分。

「スマホも持ってないんだ」

進が言うと、蓮は、塾にスマホ持っていかない主義だよ、と返ってきた。

「千鶴さん」

たまらずに妻の書斎をノックする。

「んー？」

机に向かっていた妻が振り向く。

「蓮がまだ帰ってこないんだ」

「ええっ⁉　遅くない？」

「塾はとっくに出てるんだ。ちょっと見てくる」

進はそう言うが早いか、上着を手に自転車にまたがった。塾までの道を、辺りに注意を向けながらペダルをこぐ。

「蓮、蓮くん、蓮、蓮……」

名前を口に出すたびに不安が襲ってくる。蓮、どこにいるんだ。一体なにをしてるんだ。早く帰ってきてくれ。早く姿を見せてくれ。頼む、蓮。

「蓮、蓮、蓮！」

がむしゃらにこぎたくなる足をなんとか抑え、細い路地などもくまなく見ていった。人通りは少なく、ときおりスーツ姿の男性や、酔ったサラリーウーマンの姿があるだけだ。

塾に着きUターンし、またそこから自転車をこぐ。いない。いない。どこにもいない。方向を変えて捜してみる。蓮、蓮、蓮くん、蓮くん。スマホが鳴った。千鶴からだった。

「蓮は!?　蓮はいたの？」

「……いや」

「警察に電話したほうがいいと思うわ」

深刻な声色だった。

「……ああ、うん、そうだな」

と答えつつも、警察になんて連絡したら、蓮が本当になにかの事件に巻き込まれてしまう気がしたし、そればかりか、蓮に一生会えなくなるような予感すらした。

「もう少し捜して、いないようだったら、ぼくのほうから警察に電話するから」

「……わかったけど、そんなにのんびりしてていいの？　誘拐の可能性もあるのよ」

「うん、大丈夫だ。任せてくれ」

「しっかりして。よろしく頼んだわよ」

怒ったような口調で言われた。

「蓮くん！　蓮くん！　蓮くーん！」

叫ぶように名前を呼ぶと同時に涙がにじむ。一体どこにいるんだ。どうしたんだ。なにがあったんだ。蓮、お父さんに顔を見せてくれ。

「蓮、蓮、蓮」

こんな暗い道を、夜に一人で帰らせてごめん。男の子なのに、こんなさみしい道を……。自分のせいだ。車で送り迎えすべきだったのだ。ごめん、蓮。ごめん！　そこに蓮がいるかのように話しかけながら、進は息子を捜す。

時刻は十一時半。進は自転車を停めた。小さな空き地のブロック塀に背中をつけてしゃがみこむ。警察に電話をしよう。千鶴が言ったように、誘拐の可能性もある。

進はスマホを取り出した。スマホを持つ手が震えて、なかなか操作できない。

そのときふいに、遠くの路地から人影が現れた。進は立ち上がって目を凝らした。

「……蓮くん？　蓮なのか？」

自転車を押しながら、よろよろとこちらに歩いてくる背恰好(せかっこう)は、蓮のものに違いなかった。

「蓮っ！」

思わずかけ寄る。

「……お父さん？……なんでここに……？」

とても小さい声だ。

「遅いから心配したよ」

蓮の薄い背中に手を添える。その瞬間、強烈な違和感があった。なにかが違う。なにか……なんだ？　電灯の下で、改めて蓮を見る。

「……どうした？……なにがあった」

蓮の顔にはいくつか傷があった。服もかなり汚れており、トレーナーの首元が破れている。いつもの蓮ではなかった。

「……転んだのか」

転んだだけでこんな様子になるはずないのはわかっているのに、口からはそんな言葉が出てきた。蓮は、こくんとうなずいた。

「蓮くんっ」

思わず抱きしめていた。蓮が中学生になってからは、こんなふうに身体を寄せることもなかった。頼りなく細い身体。すぐにでも折れそうな手足。見れば、自転車のハンドルも妙な具合に曲がっていた。

「……なにがあったか、お父さんに話してくれるか」

蓮は、進の目をぼんやり見つめたまま話しはじめた。

「自転車に乗ってたら、急に大きな男の人が出て来て……、自転車を倒されて……転んで、引っ張られて……公園みたいなところに連れていかれて……、女の人がいて……、女の人が男に命令して……大きな声を出したら……ぶたれて……トイレみたいなところで……、女の人が動画撮って……なんか……いろんなこと……あって……、身体中が変で……自転車も壊れちゃって……。遅くなってごめんね……」

うんうん、そうかそうか、と進はやけにはきはきと相づちを打ちながら、息子の話を聞いた。自分ではない誰かを、遠くから見ているような感覚だった。

「……遅くなってごめんね」

蓮が再度言う。

「お父さん、心配して見に来てくれたんだよね……こんなに遅くなっちゃって……」

その瞬間、嗚咽がもれそうになり、進は必死でごまかした。

「蓮くん、痛いところないか」

蓮が小さく首を振る。

頭のなかにさまざまな情報がなだれ込んできて、進は混乱していた。まず、どうすればいいんだ？　病院だろうか？　警察にも連絡をしなければ……。いや、その前に千鶴に電話だ。

「お母さんも心配してるから、今電話するね。ちょっとここで待っててくれるか」

小さく蓮がうなずく。進は蓮から少し離れ、千鶴に電話を入れた。会話を聞かれたくない。

「蓮いたのっ⁉」

こちらが言う前に大きな声が届く。

「うん、今、蓮に会った」

「よかったあ！　まったく、寿命が縮まったわよ。早く帰ってきてね」

「……いや、そういう感じじゃないんだ。蓮はケガをしてる」

「はあ!?　どういうこと！」

金きり声が返ってくる。進は声を落として、蓮から聞いたことと自分の憶測について話した。千鶴はしばらく無言だった。

「病院に行こうと思う」

しばらくしてから進は言った。看護師をしているとき、男性レイプ被害者がかけ込んできたという話を、紳士科の同僚から聞いたことがあった。被害に遭った場合、なるべく早めに病院に行き、しかるべき診察と処置を受けることがなにより大事だと。紳士科というのは、男性特有の器官である生殖器を主に扱っている診療科で、性に関する相談も多い。

「ちょっと待ってよ。自転車でしょ。いったん家に帰ってきてから車で行ったほうがいいわ。うちの病院に連絡して話をつけておくから」

妻の言うことはもっともだった。よろしく、と言って進は電話を切った。

「……お母さん、心配してたでしょ」

蓮のもとに戻ると、蓮はそう言った。

「ああ、見つかって安心してたよ。さあ、帰ろう。歩けるか」

「うん」

「それともお父さんの自転車の後ろに乗っていく？」

ここから歩くと二十五分はゆうにかかる。

「歩く」

進は、蓮の自転車と自分の自転車を押しながら、蓮と歩いた。蓮の歩き方は痛々しかった。こみ上げてくる怒りと悲しみを無理やり追いやり、進はなるべくいつも通りの顔と会話を心がけた。

「シリウスだ」

蓮がつぶやく。夜空には、ひときわ大きく輝くシリウスが銀色に光っていた。


「おかえり、蓮くん」

千鶴が玄関先で待っていた。

「疲れたでしょう、早く入って。蓮くんの好きなシュークリーム買ってあるわよ」

いつになく饒舌で明るい調子だ。

明るいリビングで改めて蓮を見て、進は息を吞んだ。服はかなり汚れていてところどころ濡れており、トレーナーの首元以外にも破れている箇所が多数あった。出ている顔や手の甲にも擦り傷が目立った。左まぶたの下からは、血が流れている。

「疲れてると思うけど、これから病院に行こう」

進は言った。着替えを準備するから待ってて、と言ったところで、

「先にお風呂に入ったら？」

と千鶴が声をかける。進は千鶴の顔を見た。そんなことをしたら、証拠が消えてしまう可能性がある。身体も洋服もこのままの状態で、病院やら警察やらに行ったほうがいい。

とりあえず進は、ぼうっと立っている蓮を座らせ、あたたかいココアを飲ませた。その間に廊下に出て、千鶴と話す。

「病院には連絡してくれたんだよね」

進がたずねると、妻は首を振った。

「どうして？　すぐに病院に連れて行かなくちゃいけないだろ」

「はあ？　なんで病院に連れて行くの？　女じゃあるまいし、妊娠の可能性なんてないんだから平気よ」

進は驚愕(きょうがく)の思いで、妻の顔を見た。

「……まさか、今日のことをなかったことにするのか」

「当たり前でしょ！　こんなことが公になったらどうするのよ」

「傷の手当てだってあるし、診察してもらわないと診断書も出ないし、感染症の心配だってある。犯人特定のために体液採取だって……」

「気持ち悪いこと言わないでよっ！」

大きな声でさえぎられる。

「……頼むからしずかに話してくれないか」

蓮には聞かせたくない。

「ねえ、犯人を特定してどうするの？　刑事裁判でも起こすの？　あなた、蓮のこと、本気で考えてる？　男にレイプされたなんて知れ渡ったら、お婿になんていけないわよ。うちの病院に連れて行ったところで、わたしに同情する振りをして、あることないこと同僚たちに噂されるのが目に見えてる。蓮だって、学校になんて行けなくなるわよ。みんなの笑いものになるだけ」

「いや、でも……」

「いい？　蓮は病院にも警察にも行かない。手当てはわたしがしてもいいし、あなたがしてもいい。元看護師なんだから、そのくらいできるでしょ。このことは、わたしたち二人の秘密よ。いいわね」

千鶴は鬼のような顔をしていた。妻のこんな顔をこれまで見たことがなかった。

「わかったの⁉　返事して！　これは家長の命令よ！」

「……わかったから。頼むからしずかにしてくれ」

「蓮をお風呂に入れてちょうだい。今すぐに」

進は深呼吸をしてから、リビングに戻った。蓮はさっきと同じ恰好(かっこう)で座っていた。

「蓮くん」

何度か声をかけたあと、蓮は顔をあげた。

「汚れたから風呂に入ろう。蓮くんさえよかったら、お父さんも一緒に入ろうと思うんだけど」

蓮はなにも言わずに立ち上がって、風呂場へと向かった。

「蓮くん、身体が冷えているだろうから、ゆっくりと温まっておいでね」

千鶴が明るい調子で、蓮に声をかける。

進は蓮のあとについていった。脱衣所に進が一緒に入っても、蓮は嫌がるそぶりがなかった。進はしゃがんで、蓮の手を取った。

「今日のこと、警察に言ったほうがいいと思うんだけど、蓮くんはどう思う？」

蓮がイヤイヤするように首を振る。

進は、どうしていいかわからなかった。考えがまとまらない。もちろん犯人を捕まえたいが、そのために蓮の人生を台無しにしてしまっていいのだろうか。こんなことが世間に知れたら、学校に通うことはおろか、近所だって歩けなくなるだろう。

とりあえず、血が流れている左まぶたの下だけ応急処置をした。縫うほどではないが、もしかしたら傷が残るかもしれない。

蓮が服を脱ぎはじめる。背中にも擦り傷があった。右腕は赤く腫れている。パンツは穿いていなかった。ふいに視界がにじみ、進は唇を強く噛んだ。口のなかに血の味が広がる。

「一人で入る」

蓮はそう言って、一人で浴室に入っていった。進はすべての服をまとめてビニール袋に入れた。消毒液や軟膏、湿布を用意し、蓮が風呂から出てくるのを待った。

傷がしみるのか、蓮はすぐに風呂から出てきた。身体を拭いてやり、手当てをする。

蓮はなすがままだった。

「お腹空いたろ。豚しゃぶ鍋だよ」

「いらない。寝る」

「そうか。今日はお父さんと一緒に寝ようか」

「……大丈夫」

進は蓮の手を取り、蓮はなにも悪くないんだ、と伝えた。

「蓮くんに落ち度はない。蓮くんはひとつも悪くない。いいね、わかったね」

蓮は生気のない表情で進を見つめ、うなずいた。そしてそのまま、二階の自室へと行った。

進は千鶴に、蓮の身体のことを話した。千鶴は、たいしたことなさそうでよかった、と言った。

「明日早いからもう寝るわ」

そう続けて、蓮のあとを追うように、千鶴は二階へと姿を消した。

進はしずかに家を出て、蓮が被害に遭ったという公園へと向かった。深夜の公園は暗かった。人っ子一人いない。臭くて汚い、コンクリート敷きの公衆便所。電灯の下に虫の死骸が落ちている。進はひとつひとつのドアを開けて、懐中電灯でなかを確認した。

障害者用トイレの洗面台の下に、蓮のボクサーパンツが落ちていた。パンツは汚れて破れていた。

「うう……うっ……」

進はそれを胸にかき抱き、むせび泣いた。

こんなことが許されるだろうか……。一体どうしてこんなことに……！　蓮、蓮、蓮くん……！　悔しくて辛くて感情が追いつかない。

体格差、体力差を武器に男性が女性に暴力をふるうことは禁じられているが、同性に対しての暴力はほとんど野放し状態にされているため、少年性愛者の隠れ蓑になっているのが現状だ。

「……くそおっ！　畜生め！」

進はコンクリートのつめたい床をこぶしで叩いた。将来の夢に「お婿さん」と書いた蓮……。

吐きそうなほどの怒りと、たとえようのない大きな悲しみが、進を取り巻いていた。

6

塾が終わって自転車で帰ろうとしたら、大きな男の人が急に飛び出してきた。自転車を倒されて転ばされて、肩にかつがれた。女の人が公園で待っていて、トイレに連れて行かれた。声を出したら殴られた。女がぼくに服を脱げと言った。ぼくは大きな声でわめいて、手足を思い切り動かして抵抗したけれど、男にぶたれただけだった。

女が男に命令して、男は言われた通りのことをした。無我夢中で抵抗した。女がぼくにスマホを向けた。男が笑いながらぼくの背中を押した。ぼくは倒れた。次の瞬間、ものすごい激痛が走って、意識が朦朧とした。

「どうもありがとうね。あなた、そこの道よく通るわよね。ずっと気になってたのよ。すごくかわいいわ。わたしのタイプよ」

立ち去るときに女が言い、よかったぜ、と男が笑った。

のろのろと服を着て、ぼくはトイレから出た。公園の街灯が切れかかって、点いたり消えたりを繰り返していた。そこらじゅうが痛くて、身体中が熱を持っているようだった。道路脇に、ぼくの自転車が倒されたままで置いてあった。

大変なことがぼくの身に起こったということは、わかっていた。でも、いつかこんなことが起こるんじゃないかとも思っていた。いや、思っていた、なんて意識はなかった。

こういう結果になった今、その不安が自分のなかにあったことに、ようやく気付かされたのだ。

ぼく自身が招いてしまった出来事なのかもしれない。ぼくがAくんのことばかり考えているから、こんなことが起こったのかもしれない。これはきっとぼくのせいだ。汚れたぼくは、Aくんのことを好きでいていいのだろうか。ぼくは許してもらえるのだろうか。ぼくは一体どうすればいいのだろう。わからなくて死にたくなる。死にたい。


【澄田隆司】


「お父さん、これどう思う？」

夕食後、リビングでまひると二人きりになったタイミングで、スマホを見せられた。

Xの画面だ。

――トウヤくんのフォーサイズを発表しちゃいます。上から86、69、85、10！

と、書いてある。トウヤというのは、子どもたちに人気のバーチャル男子高校生で、主に子ども層のファンが多い。大手菓子メーカーのマスコットボーイで、最初はネットのなかだけの存在だったが、テレビコマーシャルに出たところ火がついた。

まひるもトウヤくんのファンで、ノートや下敷きやクリアファイルなど、トウヤくんグッズをいくつか持っている。フォーサイズというのは、胸囲、ウエスト、ヒップ、弛(し)緩(かん)時の男性器の四ヶ所のサイズのことだ。

「これがなんだ？」

まひるに問い返すと、無言で画面をスクロールして、あごをしゃくった。その前の一連の流れを読めということらしい。

――もうすぐトウヤくんの誕生日。トウヤくんの好きなものを買ってあげたいなあ。

――プレゼントしたら、オバサンとデートしてくれるかな？（笑）

――トウヤくんの好きな絶叫系マシーンに乗ろうね。怖かったら抱きついていいからね。

――昨日、トウヤくんがオバサンに大事な秘密を教えてくれました。トウヤくんが大好きなフォロワーの皆さまにも、特別に教えちゃいますね。

このあとに、くだんのフォーサイズのポストをしたらしい。

「このポストをしている人は、トウヤくんファンのオバサンで、トウヤくんとは知り合いっていう設定なんだよ」

大手菓子メーカーの社員が「オバサン」になりきって、書いているらしい。

「へえ。まあ、オバサンが言いそうなセリフだよな。よくいるよ、こういうオバサン。これがどうしたんだ？　いいんじゃないの？」

隆司が言うと、まひるは目を吊(つ)り上げて、はあああ!?　と耳をつんざくような声を出した。

「お父さんみたいな人がいるから、ダメなんだよ！　トウヤくんの気持ちになってみなよ！　同性だからわかるでしょ！」

　隆司は、トウヤの気持ちを想像してみた。が、しょせんはバーチャルだ。

「どうよ？」

「うーん、べつになんとも思わないけどなあ。お父さんが若いときなんて、道を歩いてるだけでフォーサイズを聞かれたもんだよ。それがモテの証拠だったから」

「バッカじゃないの！　どんな時代よ！　腐ってる！」

　まひるの顔は真っ赤だ。

「そんなに怒らないでよ。女性からの野次やセクハラを、波風立てずに上手に受け流すのが大人の男性のふるまいっていうか、品格っていうかさ。そういうのが良しとされてた時代なんだから」

「ゴミッ！　ゴミ時代じゃん！」

「まあまあ、落ち着いて」

「トウヤくんは高校一年生だよ。このオバサンは、男子高生を性的搾取してるんだよ」

「セイテキサクシュ？」

「んもうっ！　こんなことを大手菓子メーカーの社員が平然とポストするなんて、頭がおかしい！　ショタコン女たちを擁護してるだけじゃない！」

ショタコンというのは、少年や幼男を性愛の対象とする心理のことで、一般的にそういう感情を持っている女性のことをさすそうだ。

「だからいつまで経っても、しょうもない女社会がなくならないのよ！」

隆司はまひるの顔をじっと見つめた。

「……まひるって、すごいな。女の子なのに、同性の立場から女社会にメスを入れるなんてさ」

「はあああ⁉　女も男も関係ないでしょ！　ダメなもんはダメなのよ！　お父さんたち世代が声をあげないから、世の中が変わらないんだよ。男の子にフォーサイズ聞くオバサンなんて絶滅しろっ！　死滅だ、死滅！」

「……絶滅……死滅……」

「お母さんに言っても埒があかないと思ってお父さんに言ったのに、お父さんも全然ダメじゃん！　どうなってんのよ、この家は！」

まひるは叫ぶように言って、自分の部屋へ行ってしまった。

お風呂から出てきたともかが、「もしかして、お姉ちゃんとケンカしてたの？」と目を輝かせる。

「ケンカなんてしてないよ」

「そう？」

「なんで残念そうな顔するんだ」

隆司が言うと、へへへー、と上目遣いで笑った。

隆司は、ぼんやりとトウヤくんに関する一連のポストに思いをはせる。確かに高校生のフォーサイズを、公の場で暴露するのはいかがなものかと思う。しかもポストしているのは「オバサン」という設定だ。隆司が苦手な、図々(ずうずう)しい勘違いオバサンだ。そう考えると、セイテキサクシュとも言えなくはない。

けれど、トウヤくんは実在の人物ではない。実際、トウヤくんのフォーサイズを知りたい人は大勢いるだろう。会社側の戦略としては、間違っていないのではないか。これで、トウヤくんがマスコットボーイを務めているガトーショコラネオの売り上げも伸びるだろうし。

それにしても、まひるは一体誰に似たんだろうかと隆司は思う。いろんなことをよく考えていて、偉いではないかと。

理容室SUMIDA。午後二時。ようやくお昼がとれる。いつもは三階の自宅で残り物を食べるのだが、今日はなにもなかった。隆司は義父に断って、近くのコンビニに出向いた。買ってきて家で食べようかと思ったが、気分転換にイートインスペースで食べていくことにした。サンドイッチとコーヒーとスポーツ新聞を持って、小さなカウンター席に移動する。コンビニに寄ったときは、必ずスポーツ新聞を買うようにしている。店に置いておくと、女性客が好んで読むからだ。

ものの三分でサンドイッチを食べ終わり、隆司はコーヒーを飲みながらスポーツ新聞を広げた。「イケメンパパさん選手、世界で大活躍！」と、一面に大きな見出しがあった。読んでみれば、エアロビックの世界大会で、日本人のパパ選手が準優勝したと書いてある。

――このたび、見事エアロビックの世界大会で準優勝した田原新一さん（29）は、愛知県に住むパパさん選手だ。二歳の男の子と、つい先日生まれたばかりの女の子の二児のパパ。子どもの面倒は誰がみるんですか？　という記者の質問に、「妻さんが協力してくれます。本当に感謝しています。妻さんのおかげで準優勝することができました」と、田原選手は目をうるませて答えた。

「へえー」

隆司は小さく声を出した。田原選手の妻さんの写真まで掲載されている。あまり見たことのないスポーツだったが、パパさん選手で、世界第二位とはすばらしいではないか。

田原選手の全身写真も掲載されていた。これ以上の笑顔はないだろうと思われる、さわやかな顔だ。

――立派なイチモツも世界二位⁉

写真の下のキャプションにそう書いてあった。確かに、モノクロ写真でもわかる立派なものをお持ちのようだ。

どこを読んでも、肝心のエアロビックの内容については触れられていなかった。妻さんの子育てへの協力を賞賛し、田原選手の顔立ちと全身の筋肉を褒めちぎり、ついでといったふうを装って、イチモツについて冗談めかして書いてある。

——堂々としたイチモツで、審査員のオバサンたちをノックアウト！

と、下半身だけの写真もあった。いくらなんでも、ちょっとやりすぎじゃないかと隆司は思う。とはいえ、このスポーツ新聞はゲスいことで有名で、主な購買層は五十代以上のオバサンだ。

スポーツ界は、女性指導者から選手への性的虐待やパワハラが問題になることも多い。こんな見出しをつけてたら、いつまで経ってもなくならない気がする。

新聞をめくっていくと、アダルトコーナーがあった。「男性の扱い方」という見出しで、百戦錬磨の女王という愛称の中年タレントが、男性を扱うときのノウハウを披露していた。今日は、睾丸責めについてだ。読んでみると、こんなことをされたら病院送りになるような技のオンパレードだった。この記事を鵜呑みにして男性に実践する女もいるだろうと考えると、まったくもって不要なレクチャーだと言わざるを得ない。

同じコーナーに掲載されている漫画を読む。職場の給湯室で年配の上司に命令され、服を脱がされて裸を写真に撮られる新人男子社員の話だった。最初は嫌がっていた新人くんも、いつしかオバサン上司の仕事ぶりと博識さに徐々に惹かれていき、最終的に不倫関係になるというストーリーだ。

「んなわけねーだろ」

と、ツッコんで笑った。オバサンだけに都合のいいように描いてある。

グラビアアイドルたちのきわどい水着写真もいくつかあった。

――Eサイズの男優志望、ヒカルくん！

――Fサイズの童顔少年、和也くん！

――レオン王子驚異のGサイズ！　女性陣が喜びのむせび泣き！

げんなりして新聞を閉じた。このスポーツ新聞自体、ジョークなのかもしれない。

追加のデザートのプリンを食べてから、隆司は理容室SUMIDAに戻った。

「ただいま帰りました」

とドアを開けたが、店には誰もいなかった。隆司は大きなため息をつく。ほんの二十分程度、留守番をしてくれたっていいだろうに。なんて不用心なんだ。

義父の予約表を見る。今日これからの予約は入っていないようだった。どこかに出かけたのだろうか。

今日は、飛び込みのお客さんがまだ一人も来ていない。まあ、こんな日もあるさ、とつぶやく。次の隆司の予約は四時だ。まだ時間がある。トイレ掃除でもしようと、ドアを開けた瞬間、短い悲鳴がもれた。

「お義父さんっ！」

義父が倒れていたのだった。

「どうしたんですかっ！　お義父さんっ！」

息はあるようだったが意識がない。隆司はいそいで119番に通報した。身体を動かしていいのかどうかもわからない。とりあえず毛布をかけて、救急車の到着を待った。その間に義母の携帯に電話を入れるも、どこにいるのかつながらない。

隆司は今日の予約のお客さんに電話を入れ、キャンセルしてくれるよう頼んだ。顔見知りの人たちばかりだったので、皆心配してくれた。

そうこうしているうちに救急車が到着した。ちょうどともかが帰ってきて、「どうしたの⁉」と、びっくりした顔で聞く。

「おじいちゃんが倒れたんだ。これから病院に行く。お父さんが一緒に救急車に乗っていくから、まひるにもそう伝えておいてくれ。お母さんには、お父さんから連絡する。おばあちゃんが帰ってきたら、すぐにお父さんの携帯に電話をくれるように言ってくれ。店はとりあえず閉めるから。よろしく頼んだぞ、ともか」

そう言って頭に手をやると、ともかは真剣な表情でうなずいた。

救急車内では、救急隊員による心臓マッサージが行われている。隆司は、隊員に問われるまま質問に答えていった。倒れてからどのくらい経っているかと聞かれ、今日に限ってコンビニに出向き、そこで食べてきたことがひどく悔やまれた。

診察の結果は、狭心症だった。トイレから出ようとしたところで胸が痛み、うずくまろうとしてバランスを崩し倒れ、その際便器に頭を強打して脳しんとうを起こしたらしかった。

隆司は義父が狭心症の薬を服用していることは知っていたが、ほとんど気に留めていなかった。かなりの痛みがあったと思いますよ、と医師に言われ、そうですか、とうなだれるしかなかった。

妻の絵里と、隣町に住む絵里の兄が病院にかけつけた。

「隆司くん、大変だったね。どうもありがとう」

義兄に言われ、恐縮する。

「お義母(かあ)さんに連絡とれた？」

隆司がたずねると、二人同時に首を振った。

「どうせパチンコだろ？　だから女は使えないんだ……」

小さな声だったが、吐き捨てるような義兄の口調だ。幼い頃から義母のだらしなさには苦労させられたと、絵里から聞いたことがあった。義父は床屋の仕事で忙しかったため、ほとんどの家事を義兄が一手に引き受けていたらしい。絵里は兄に育てられたようなものだと言っていた。

医師から改めて病状の説明があり、カテーテル手術をすることになった。義父ははじめこそ難色をしめしていたが、最終的には首を縦に振った。入院期間は五日の予定だ。

「金はいくらかかるんだ」

つかの間、調子を取り戻した義父が言う。

「高額療養費制度を利用すれば、十万円ぐらいの負担で済むみたいよ」

絵里が答えた。

「おれの予約客はどうするんだ」

「お義父さんのお客さんは今のところ、明後日お一人、明々後日お二人です。連絡してキャンセルして頂くか、自分でいいなら代わりにやりますけど」

と、隆司は言った。

「ふんっ、おれの客を婿に取られてたまるか。明日住所録を持って来てくれ。おれから電話して、べつの日に替えてもらうから」

「わかりました。お義父さんの飛び込みのお客さんはどうしますか？」

義父は、予約なしのお客さんのほうが多い。

「事情を言って断ってくれ」

「どうしてもその日に切りたいというお客さんは？」

「ふんっ、そんな客はいないと思うが、まあそれは適当にやってくれてかまわない」

「わかりました」

病室で義父との会話を間近に聞いていた義兄は、大きなため息をついて、

「父さん、その態度はなんだよ。もっと隆司くんに感謝しろよ。隆司くんがいなかったら、澄田家はまわっていかないいんだから」

と、困り顔で言った。

「ふんっ、感謝するのはどっちだ」

義父が顔をそむけて言い、義兄は再び大きくため息をついたあと、拝むように両手を合わせて隆司に頭を下げた。義兄が味方してくれるだけで、ありがたかった。


家では、まひるとともかが待っていた。病状を伝えると、二人は神妙にうなずいた。夕飯はすでに、ハンバーガーショップで済ませたという。

「二人で千八百四十円だったよ。ハイ」

と言って、まひるが手の平を隆司に突き出す。小銭がなかったので、二千円渡した。まひるはとてもしっかりしている。

買ってきた弁当を絵里と二人で食べているところに、階下から物音がした。義母が帰ってきたらしい。

「お母さん、一体どこに行ってたのよ！」

絵里が詰め寄ると、

「なあに、そんなに怖い顔してえ」

と、へらへらと笑った。

「お父さん、倒れたのよ。狭心症の手術をすることになったわ」

義母は一瞬驚いた顔をしたが、

「手術したほうがいいんでしょ？　よかったじゃない」

と、にったりと笑った。

「わたしは仕事だし、パパは理容室が忙しいから、お父さんのことはお母さんがよろしくね」

「はいはい、わかってるわよう。お安いご用」

そう言って、手をひらひらと振る。

これ以上話しても無駄なようだった。義母はあきらかに酔っていた。おおかた昼間はパチンコに行って、そしてそのあとどこかで飲んできたのだろう。あれだけみんなが留守電を入れメールを入れたというのに、まったく他人事（ひとごと）のようだった。

義父は相当苦労したのだろうと、今さらながらに思った。

一人での仕事が、これほどまでに楽だとは！

義父が不在というだけで、隆司は自分でも不思議なぐらいに精神が安定し気力がみなぎっていた。なにより自分のお客さんに、安心して気持ちよく来てもらえることがうれしかった。

義父の病状は心配だったが、それとはべつのところで、隆司は一人で店に立つことを満喫していた。

「よっ、隆ちゃん。顔色がいいねえ」

パパ友のたっちゃんだ。たっちゃんは三週間に一度カットとカラーに来てくれる。

「お義父(とう)さんがいなくて、さみしいよう」

泣き真似をして隆司が言うと、たっちゃんは、よしてくれよと爆笑した。隆司も一緒になって笑ったが、悪ふざけが過ぎたと思い少々胸が痛む。

散髪の間、たっちゃんと気兼ねなくいろいろな話ができた。シャンプーを使いすぎだとか、一人の客に時間をかけすぎだとか、無駄話をするなとか、そういう意地悪を言われることもなく、ストレスフリーだ。

「いつもと表情がぜんぜん違うよ。独立したら？」

帰り際、たっちゃんはそんなことを言って帰っていった。

独立なんて考えたことはなかったし、どだい無理な話だけれど、自分の表情が明るいことは自覚していた。常に口角が上がっているのがわかる。

隆司は、ひさしぶりに理容の仕事をたのしく感じた。いや、これまでも自分なりにたのしく働いていたつもりだったけれど、あんなのはたのしいうちには入らないのだと、今回のことでわかった。今こそが自由！　今こそが自分解放！　そんな感じだった。

それでも、仕事を終えると隆司は義父が入院している病院へと向かった。義母がちゃんと行っているのかわからなかったし、絵里ははなから隆司任せだった。すぐに退院するとはいえ、実の父親の見舞いに訪れる気はないようだ。

絵里はこれまでいつも、義父に対する隆司の愚痴に、仕方ないよ、許してやってよ、と義父を擁護するそぶりを見せていた。義父のことをよほど大事に思っているのだろうと受け取っていたが、もしかしたらそうではなかったのかもしれない。面倒が起きないよう、波風を立てないよう、適当に相づちを打ち、事なかれ主義的にいちばん楽な方法を選んでいただけなのかもしれない。

隆司の両親は埼玉に住んでいる。ここからは車で一時間半程かかる。二人ともまだ元気だがどちらかが入院したら、できる限り見舞いに行きたいと思う。やはりこういうときに役に立つのは息子だから仕方がないけれど、今回のことで絵里の新たな面を発見したような気がして、隆司は複雑な気分だった。

「今日はいくらだ？」

見舞いに行くたびに、義父は隆司に聞いた。理容室ＳＵＭＩＤＡの売り上げ金のことだ。

「普段と同じくらいです」

と、そのたびに隆司は答えた。

「ふんっ」

義父も毎回同じように鼻を鳴らした。手術をした日もリハビリをした日も、寸分違わぬ会話だった。

退院の前日、義父の飛び込み客がやって来た。

「あら、昭平ちゃん、いないの？」

あっ、と隆司は思った。以前、義父の腕にキスをして、帰りがけに義父とハグをした女性だ。

「明日退院ですので、明後日からは店に出ると思います」

隆司は義父の状態を説明し、そう言った。これまでも義父の飛び込み客は何人か訪れたが、事情を説明すると皆心配し、それならなおさらと言って、義父の退院後に来店することを約束して帰って行った。

「明日出かける予定があるから、どうしても今日カットしてほしいのよ。あなたじゃダメなわけ？」

「わたしでよろしければ、切らせて頂きます」

「わたし、相原フミ子。よろしくね」

そう言って相原さんは手を差し出した。隆司も手を出して握手をした。予約のお客さんからキャンセルの連絡があったところで、ちょうど時間が空いていた。

「カラーもしてもらえるかしら？　白髪が目立ってきて困っちゃうから」

「かしこまりました」

「昭平ちゃん、心臓が悪かったなんてねえ」

「ええ、そうなんです。でも予後もいいですし、これまで以上にはりきって店に立ってくれると思いますよ」

隆司の言葉に、あはははは、と相原さんは笑った。

「昭平ちゃん、もう歳なんだから、無理に店に立たなくていいんじゃない？　腕だって、あなたのほうが上でしょ？　もう隠居すればいいのにねえ」

「はあ」

「わたしね、ずっとあなたにお願いしたかったの。でも昭平ちゃんに悪いからねー。今日はいいタイミングだったわ」

「……あの、義父とはお知り合いかなにかですか？」

妙な聞き方だと思いながら、隆司はたずねた。

「知り合い？　おもしろいこと聞くのね。わたしはこのお店に髪を切りに来ているだけよ」

「失礼なことをおたずねして、申し訳ありません」

ずいぶん親しげに見えたが、義父とはただの理容師とお客の関係のようだ。

「この辺りも最近は空き家が多いわねえ。古民家カフェとか流行ってるみたいだけど、そういうのは昭和中期あたりの建物で、木造の色とかたたずまいとか素敵なのよ。空き家で売れ残っているのは、昭和の後期に作られたお宅。使い勝手が悪くて、新鮮な古さもない。中途半端なのよね。リフォームするにもお金かかるし」

相原さんは、不動産業を経営しているということだった。年末に来年用のカレンダーを持ってくるから、よかったら飾ってくれと言う。

「はい、ありがとうございます」

「美しい日本の風景写真で、会社の名前はごくごく小さいから安心してちょうだい」

それはいいですね、と言って笑ってみせる。

「昔なんて、どの店でも平気で男性ヌードのカレンダーをかけてたもんね。酒屋さんが配ってくれるのよ。ヌードのトランプもあったわ。そういうので、当たり前に遊んでた時代があったのよねえ」

隆司は驚いて、へえっ、と目を丸くした。

「どのくらい切りますか」

「裾が伸びてきたからきれいに刈り上げてちょうだい。上のほうはボブでそろえて」

「かしこまりました」

相原さんはおそらく六十代後半だろうと、隆司は見当をつけた。

「ああ、さっぱりしたわ。ショートだとちょっとでも伸びるとだらしなく見えるからね」

真っ赤な薄手のセーター。質のよさそうなグレーのパンツ。

「では、このままカラーに入りますね」

色味を決めて、毛染めの作業に入る。カラーをしている間も、相原さんは饒舌だった。バツ二で子どもは三人、孫は二人だということだった。聞いてもいないのに自ら告白した。結婚には向かなかったわ、と豪快に笑う。

「昭平ちゃん、あなたにちょっと意地悪よね」

ハッとした。きっと店での二人の様子を見て感じたのだろう。隆司は、肯定とも否定ともつかない笑顔を返した。

「舅と婿が一緒に仕事するなんて、どだい無理な話よ。男ってのは、ほんと心が狭いから。年を取ると特にね。あなたも大変だと思うけど、お婿に来た定めだから仕方ないわねえ」

なんとも答えようがなく、はあ、と愛想笑いをする。

「婿はさ、絶対に自己主張しちゃいけないのよ。婿っていうか、男全般よね。とにかく女の言うことを聞いてれば万事ＯＫ。男の権利とかガラスの天井とか言って騒いでる男たちがいるけど、これまでの長ーい歴史があるんだから簡単には変わらないってわけ。自分で食べていく力もないくせに、男は口だけ達者だからね」

隆司がなにも答えないでいると、

「あら、あなたはべつよ。こうしてちゃんと手に職をつけて自分の食い扶持を確保してるでしょう。立派よ」

そう言われても、どういうわけかまったくうれしくなかった。

「カラーが終わりましたので流しますね。シャンプー台へどうぞ」

理容店のシャンプー台は、頭を前に倒すタイプが多いが、理容室ＳＵＭＩＤＡには後ろに頭を倒すタイプのシャンプー台もある。女性客や若者を見込んでのことだ。

「そのまま後ろに頭を倒してください」

相原さんはゆっくりと身体を倒した。

「お湯加減はいかがですか」

「ちょうどいいわ」

「指の強さはいかがでしょうか」

「気持ちいい～」

うっとりしたように言う。隆司はシャンプーが得意だった。隆司のお客さんは、ほとんど全員がシャンプーまでしていく。

「力加減が絶妙よ。うまいわ。ほんと上手」

はあ、気持ちいい～。はあ～っ。大きな息を吐く。

「ずうっとこうしていたいわあ。はあ～、気持ちいい」

本気で気持ちよさそうにしてくれるので、隆司も心を込めてシャンプーをした。

「頭起こしますね、せーの、ハイ」

相原さんの頭を持ち上げながら、同時に椅子をおこした。髪をタオルドライする。

「ああ、気持ちよかったわ。時間が止まればいいと思ったぐらいよ」

「ありがとうございます。では、お席のほうへ……」

そう言って、隆司が相原さんの膝掛け(ひざか)を外したときだった。いきなり、グッと、股間(こかん)をつかまれた。

「ちょ、ちょっとおう！」

妙な裏声が出た。思わず腰を引く。

「なにするんですか」

「あはは、なんだか触りたくなっちゃって」

まったく悪びれた様子もない。

セクハラですよ！　通報しますよ！　と隆司は心のなかだけで叫び、実際には、

「やめてくださいよう」

と、半笑いで返した。本心や正論を言っても、場がしらけるだけだし、逆ギレされて、妙な噂でも流されたらたまらない。

席に案内し、髪を乾かす。隆司が相原さんの横に出ると、相原さんはまた手を伸ばしてきた。さっと避ける。

「やめてくださいよ」

「あはは。反射神経がいいのねえ」

その後も少しでも隆司が相原さんの横に行くと、相原さんはここぞとばかりに腕を触ったり腹をなでたりした。股間じゃないならまあいいか、と隆司は思った。面倒は避けたい。

「とっても素敵になったわ。どうもありがとう」

「こちらこそ、どうもありがとうございました」

会計を終え、相原さんを送りに出たとき、あなたはスタイルがいいわねえ、と頭のてっぺんから足の爪先までまじまじと見られ、隆司は礼を言った。

「あなたとならできるわ」

「え？」

「昭平ちゃんとじゃ無理だけど、あなたとならできるわよ。じゃあ、またね」

相原さんは軽く手を振って帰っていった。

あなたとならできるわ、とはどういう意味だろうと考えながら、隆司は椅子まわりを片付け、床に落ちた髪の毛を掃いた。あっ、わかった！

「相原さんは、おれとならセックスできるってことを言ってたんだ」

声に出し、あまりの失礼さに腹が立つ。

「なんだよ、それ。ムカつく」

ほうきを扱う手が雑になる。バカにされているとしか思えない。第一、なんで上から目線なんだ？

「そっちがよくたって、こっちが嫌だっての！」

大きな声を出したら、さらにムカついた。

「あんなふうに言われて、おれが喜ぶとでも思ったのかよ。値踏みされただけじゃないか。おれは商品じゃないっての。冗談じゃない！」

股間を握られたことを思い出して、怖気(おぞけ)立つ。

「誰がお前なんかと！」

そろそろ予約のお客さんが来る時間だった。隆司は冷たい水で顔をバシャバシャと洗い、ピシャッと頰を打った。

「相原フミ子？　ああ、あのババアか……」

義父に相原さんが訪れたことを告げると、開口いちばんにそう言った。

「……あの色ボケババア」

そう続ける。

「なんかされたか？」

黙っていると、「されたんだろ？」とかぶせてきた。

「女ってのは、自分が正義だと思ってるからな。自分だけのルールを男に押しつけて生きている。男にはなにをしてもいいと思ってる」

天井を見据えたまま、はっきりとした口調で言う。隆司は驚いた。こんな義父の言葉を聞くのははじめてだった。

「こっちが断れないのも想定内なのさ。司法、立法、行政、みんな女の味方だからな。男はへらへらして女のご機嫌とって我慢するしかねえんだ。そうやって生きてきたんだ。そうしなきゃ生きてこれなかったんだからよ」

義父の顔を見つめると、しゃべりすぎたと思ったのか、フンッと鼻から息を出し、

「今日はいくらだ？」

と聞いてきた。

「普段と同じくらいです」

隆司が答えると、義父は盛大に「フンッ」と鼻を鳴らした。

「明日退院ですね」

「フンッ」

その後、隆司がなにを言おうとも義父は「フンッ」としか言わなかったが、嫌な気はしなかった。むしろ愉快な気持ちだった。

翌日、義父は予定通りに退院した。義母が迎えに行ったようだったが、おそらく義母は財布を持っていっただけで、肝心なことはなにひとつしなかったはずだ。なにからなにまで、義父が一人で片付けてきたのだろう。

義父は入院前とまったく変わらない様子で店に立った。なじみのお客さんがこぞってやって来ては、義父を激励した。

忙しいと嫌みを言う間もないようで、しばらくの間、理容室ＳＵＭＩＤＡは平穏だった。こんな日がいつまでも続いてくれるといいなと、笑顔の多い義父を見ながら隆司は思った。


「お父さん」

学校から帰ってきたまひるが、こわばった顔で隆司を呼んだのは、義父が退院して一週間ほど経った日のことだった。

「どうした？」

はじめて見るような長女の声色と表情に、隆司は食事を作る手を止めて向き合った。

「三組に中林蓮って子がいるんだけど」

「ああ、中林さんの息子か。お父さんとＰＴＡで一緒だよ」

まひるは隆司の目をじっと見つめている。

「どうしたんだ」

ただ事ではないまひるの様子に緊張する。

「……あのね、蓮、襲われたらしい」

「え？　襲われたって……どういう……」

まひるの言葉がうまく頭に入ってこず、もごもごと聞き返した。

「レイプされたんだって」

思わず絶句する。レイプという言葉が娘の口から出たことにも、隆司は少なからずのショックを受けていた。

「……女か？」

と隆司は、自分に言い聞かせるようにつぶやく。

「ううん、男みたい」

「えっ？」

隆司はまひるを見つめた。透明な水分を湛えたまひるの目からは、今にも大きなしずくがこぼれ落ちそうだった。

7

誰にもなんにも言ってないのに、どういうわけか事件のことが噂になってる。

「ぼくちゃん、かわいいねー」

「いやん、やめてえ」

「だって、そんなにかわいい顔してるんだもーん」

廊下を歩いていると、女子たちがぼくに聞こえるようにわざと変な声を出す。そのたびにぼくの心は、少しずつ削られていく。

事件のあと、ぼくは一週間学校を休んだ。

「蓮、大丈夫か」

休み明け、Aくんに声をかけられた。

「インフルエンザだったんだって？　大変だったな」

「あ、ああ、うん」

学校にはインフルエンザで休んだことにして、姉の鈴には、自転車で転んだと伝えた。

「あんま無理すんなよ」

「ありがとう」

Aくんの背中を見てると、ぼくはすごくほっとして安心できる。削られた心が修復されて、ざわめいていた感情が徐々にしずかになって落ち着くんだ。Aくんのおかげでぼくは生きていられるし、Aくんがいるから生きていきたいって思う。

でも、こんなぼくをAくんは許してくれるだろうか。汚れたぼくを嫌いにならないでいてくれるだろうか。そんなことを考えると、ぼくは叫び出したくなる。


【池ヶ谷良夫】


由布子は、家でずっと不機嫌を通している。不機嫌でいればすべての問題が解決するかのように、不機嫌でいれば家族を当たり前に従わせることができるかのように、不機嫌でいれば自分が勝者になれるかのように。

由布子の新人教師イジメについては、現在学校内で話し合いが持たれているらしい。イジメに加担していた教師は由布子以外に二人。その二人とも、由布子と同じように夫も子どももいる中年女性だ。自分の子どもと言ってもいいような年齢の新人男性教師をいじめるという神経に、絶句するほかない。

由布子たちの愚行は、他にもたくさんあって、なかでも新人教師が個室トイレに入っているところを上から撮影したという、その動画が証拠となっていると聞いた。その動画を撮ったのは由布子で、由布子自ら新人教師にその動画を送りつけたというのだから、しい。

開いた口がふさがらない。新人教師がその動画を校長に見せ、そこで問題が発覚したらしい。

妻は告発されたと言っていたが、実際は校内止まりの状況のようだ。由布子はなんでもかんでも大げさに言う。おそらく、校長にチクられたことを「告発」と表現したのだろう。自分の立場が悪くなると、物事を大きく言う癖は昔からだ。

校長は当然ながら公にはしたくないらしく、被害教師になんとか話をつけているところだそうだ。示談で済むなら、由布子たちにも好都合だろう。

良夫は、そんな甘っちょろいことをしていないで、さっさと教育委員会なり警察なりに話を持っていくべきだと思っている。加害教師たちは、訴えられて免職させられればいいのだ。卑劣極まりないことをしたのだから、当然の報いだ。いっそのこと、良夫が密告してやろうかとも考えたが、被害者本人が示談を希望しているのかもしれず、思いとどまった。公にしたくない気持ちもわかるからだ。

良夫は残り物で昼食をとりながら、新聞を広げた。妻によるDVの特集記事が掲載されていた。精神的DVとしては、大声で怒鳴る、無視をする、脅す、見下す、馬鹿にする、従うように強要する等があった。すべて由布子に当てはまる。

性的DV、経済的DVについても書いてあったが、我が家に関してはこれらの被害はなかった。由布子は家計についてはすべて良夫任せで、月五万円、ボーナス時はその倍の小遣いさえあれば文句は言わなかったが、値の張るものを購入するときだけは小遣いとは別に金を要求された。

良夫も、由布子と同じ額の小遣いが欲しかったが、そんなことをしたら家計は回っていかない。住宅ローン、水道・光熱費、食費、教育費、いくばくかの貯蓄。毎月出て行くお金は多い。

良夫は酒もタバコもやらないし、服も量販店の安価なものでかまわない。趣味といったら読書ぐらいで、学童保育で働くまではよく図書館通いをしていた。

良夫は毎月二万円ずつ、自分の通帳に積み立てている。ほぼお金を使うことはないので、実質的にこれが良夫の小遣いとなっている。五年前までは一万円だったが、それでは自分の働きに見合わないと思い、二万円に変えた。けれどその二万円をもらうことにすら、罪悪感のようなものがつきまとう。家事全般、子どもの世話を一手に引き受けているというのに、まったくおかしな感情だ。

先日、泊まり込みでの家政夫の日当を耳にした。一万八千円だそうだ。一ヶ月で五十四万円。由布子の月収よりよほど高い。主夫である良夫はその金額分働いているというのに、二万円とは……。

離婚はすべての準備が整ってから、妻に切り出そうと考えている。家のローンはあと十二年残っているが、この家は由布子の名義だから良夫には関係ない。耕介と俊太の教育資金に関しては学資保険に入っているので、耕介と俊太の教育資金に関しては大きな心配はないだろう。良夫の学童保育の給与はほとんど手つかずで残っているし、少ないが貯金もある。

引っ越しのあれこれ、新居の敷金、必要最低限の家具や電化製品。出て行くものは多いが、来春からは復職するし、なんとかなるはずだ。

新聞を片付け、折り込みチラシに目を通そうとしたところで、げんなりした。思わずため息が出る。男性の股間を強調するようなモデルの写真。下半身に、不自然な濃い陰影をわざとほどこしている。更年期女性用のビタミン剤の宣伝に、なぜ若い男性モデルを起用するのかわからない。良夫はすぐさま小さく折りたたんで、古紙を処分する袋に放った。

青のその後はわからなかった。児童相談所にいるとは思うが、はっきりした情報はおりてきていない。

「青さん、気になりますねえ。元気でいるといいんだけど」

少しでも時間ができると、田島さんはそんなふうにたずねてくる。青のことを話題にしたくて仕方ない様子だ。

「あの父親、青さんが大人になったら、逆襲されるんじゃない？　ほら、最近女が男を使って、男を襲わせるっていう事件が多発してるでしょ」

田島さんの言葉に、良夫は神妙にうなずいた。女主導のもとで、男に男を襲わせるという事件が全国で増加している。暴力をふるったり、性的な行いをするなどの暴行だ。市内でも不審者の目撃情報があったということで、中学校から注意喚起のメールが届いたばかりだ。

「池ヶ谷さんの息子さん、原杉中学校じゃなかった？」

「そうです、下の息子が原杉中の一年生です」

良夫が答えると、田島さんの目が輝いた。

「事件があったらしいですよ」

「事件？」

「原杉中の男子生徒が襲われたって」

「えっ？」

良夫は驚いて、田島さんの顔を見た。

「西町（にしまち）の公園で男に襲われたらしいよ。被害に遭ったのは、どうやら一年生みたいですね」

心臓が音を立てる。

「ご存じなかったですか？」

良夫は首を振った。初耳だった。俊太からそんな話は聞いていない。

「まあまあ、あくまでも噂ですけどね」

そう言って田島さんは笑った。どうしてここで笑えるのかがわからない。

「田島さん」

良夫が改めて名前を呼ぶと、田島さんは「はい？」と目を見開いた。

「田島さんって、男性の権利について、これまで一度も考えたことないんですか？」

瞬時に田島さんの顔つきが変わる。

「どういう意味ですか」

「田島さんは、いつでもどんなときでも女性の味方に思えたので」

ハッ、と田島さんはひと声発した。

「池ヶ谷さんは、本当におかしなことを言い出しますね。どちらの味方だなんて、そんなこと考えたことありませんよ」

そうですか、そうですよね、と良夫は殊勝にうなずいた。

「わたしは、自分が安心して過ごせればいいんですよ。みんなそうなんじゃないんですか。わざわざ女と男で争う必要ないですよね。うちの妻もよく言ってますよ、最近の男は、男の権利について騒ぎすぎだってね。ギスギスしてて、何事もやりにくい。もっとおおらかでいいんじゃないかってね」

どうしてここで、田島さんの妻が出てくるのかがわからない。

「田島さんの妻さんではなく、田島さんはどう思われるんですか？」

「だから言ってるじゃないですか。自分が安心して過ごせればいいって。自分の意見を口にして波風が立つくらいなら、黙ってるほうがいいに決まってるんですよ」

おや？　と良夫は思った。もしかしたら田島さんも、田島さんなりの意見や考えを持っているのかもしれない。けれどそれを口にしないのは、妻さんとの関係を良好に保つための処世術なのかもしれない。きっと田島さんのような婦夫は多いのだろう。

「そうですね。おっしゃる通りかもしれませんね」

と良夫は話を合わせた。いつか、田島さん自身の意見を聞きたいと思いながら、いつか、妻のご機嫌取りをしなくて済む世の中になることを祈りながら。

「原杉中の一年生男子が事件に巻き込まれたって聞いたけど、なにか知ってるか？」

帰宅した俊太をつかまえて、良夫は田島さんから聞いた噂についてたずねた。

「なにそれ」

俊太は鼻で笑った。

「はじめて聞いたわ」

「そうか」

「それ誰が言ったの？　どこからの情報？　証拠は？　根拠は？　適当な噂を流されると困るんだよ」

見る間に俊太の表情が変わっていく。

「まさか、俊太じゃないよな」

突然不安になった。

「はあ？　なんだよ、それ」

「ごめん」

「謝って済むかよっ」

　俊太はそう言い捨てて、持っていたスポーツバッグをバンッとテーブルに当てて、二階へと上がっていった。

　そのあとすぐに耕介が帰宅した。

「ただいま。ねえ、お父さん、原杉中の生徒が襲われたって知ってる？」

「どこから聞いたんだ？」

「学校中の噂。お前んとこの弟は原杉の一年生だろ、って。どうやら被害者は一年生らしいんだよね」

　ふうん、と返事をしながら、良夫は頭のなかで、耕介の高校にまで話がいっているのかと思った。事実だとしたら、被害生徒の気持ちを考えると辛すぎる。俊太の友人という可能性もおおいにある。

「それよりさ。ここだけの話、お母さんとお父さん、離婚するの？」

「ええっ」

　思わず頓狂な声が出た。

「ど、どうして……？」

「なに、慌ててんの。そんなの見てりゃわかるじゃん。ねえ、お母さんさ、なんかあったわけ？　最近めっちゃ機嫌悪くて、おれらに当たるからマジムカつくわ」

　耕介の言葉に、子どもは親のことをよく見ているものだと良夫は思う。

「あれ？『お母さんのことをそんなふうに言っちゃいけない』って、言わないわけ？」

耕介がからかうように言う。母親への悪口や言葉遣いに対して、良夫はそのつど子どもたちに注意してきた。父親が子どもの前で母親をバカにしたり、おとしめるような態度をとると子どもに悪影響だと聞いていたし、良夫自身そう思っていた。

「お父さんってすぐに顔に出るからさ、口だけで言われてもあんま心に響かないんだよね。無理してお母さんを褒めるより、お父さんの正直な気持ちを伝えてくれたほうが、少なくともおれにとってはありがたいよ」

「……そうか」

「俊太も同じだと思うよ」

思わずため息がもれる。

「なんかあったんでしょ、お母さん」

耕介に聞かれ、良夫は正直に由布子がしでかした行為について話した。

「最悪。ひでえことするな……」

と耕介はつぶやき、卑劣だなあと続けた。

「おれ、めっちゃハズいわ。教師失格じゃん」

耕介はしばらく沈黙したあと、離婚したほうがいいよとだけ言い残し、二階へと上がっていった。

自然と深いため息が出た。良夫は夕食を作りながら、これまでの結婚生活を思った。

教師を辞めて、専業主夫になったことについての後悔はなかった。子どもたちにとっても、自分にとってもよかったと思っている。良夫が教師を続けていたら、子どもたちの入学式にも卒業式にも出られなかっただろう。

そう思っているくせに由布子が昇進すると、複雑な気持ちになったりもした。教師というものから、自分がどんどん遠ざかっていくのがわかってさみしい気持ちにもなった。

良夫はいつどんなときでも、子どもたちの前では母親である由布子を立ててきた。けれど耕介が言ったように、自分の気持ちを正直に子どもたちに見せてもよかったのかもしれない。良夫は子どもの前で夫婦喧嘩をすることを、なるべく避けて生活してきた。自分がいっとき我慢するだけで子どもたちが安心できるなら、そのほうがいいと思ってきた。根本は、田島さんと変わらないではないかと、今頃気付く。

「子どもたちには、ぜんぶバレてたんだなあ……」

独りごちて、そりゃそうかとも思う。高校生と中学生。世にはびこる女男格差は、日常生活のなかですでに経験済みだろう。当たり前に目の前に広がる差別に気付いたとき、男が被っている理不尽さにハッと我に返るのだ。

ガタンッ、と玄関ドアを開閉する大きな音が聞こえた。続いて、ドンドンッという足音。わざと足を踏み鳴らして歩いている。機嫌が悪いことのアピールだ。

予想通り由布子がリビングに入ってきて、ただいまも言わずにバッグをテーブルに叩きつけるように置く。

「もう少ししずかにでき……」

「冗談じゃないわっ！」

全身をバネのようにして叫ぶ。

「あいつ、慰謝料請求してきた！　三百万だって！　一人百万よ！」

「……示談金か」

「校長までが、安いもんだなんて言うのよ！」

「安いじゃないか」

良夫はそう言った。本心だった。

「事件が明るみに出たら、それこそ大変だぞ。顔をさらされた上に、免職か停職。再任用なんてとても無理だ。外を歩くことだってできやしない。そういうことを考えたら、百万円で解決できるなんて安……」

「うるさいっ！　じゃあ、あんたが百万円出しなさいよ！　出せもしないくせに大きな口叩かないで！」

頭に血がのぼったが、言い争っても無駄だ。

「わたしがムカつくのは、あいつが三百万円ももらうってことよ！　そんなのずるいわ！」

あんぐりと口が開く。由布子は自分が百万円支払うことよりも、被害教師が三百万円もらうことのほうが許せないのだ。

「わかった。好きにすればいい」

「……はあ？」

不審そうに由布子が顔を上げる。

「好きにすればいい。払いたくないならそうすればいい。おれの意見はもう言ったから」

「なによ、その言い方！　少しぐらい心配してくれてもいいでしょ！」

逆ギレされても、なんの感情も起こらなかった。映画のなかの出来事みたいに、自分とは関係のないことのようだった。ああ、これが無関心というやつか、と良夫は冷静に思う。もう、この女のことはどうでもいい。

「あなたって、ほんっと冷たい人間よね！　家族が困ってるんだから協力しなさいよっ！　なにが良夫よ、どこが良い夫なのよ！　名前負けもいいところだわ！」

なにも気にならない。なにも感じない。

「ああ、もうっ、どうしたらいいの！　ほんっと、男ってイヤだ！　みみっちくてセコくて！　先輩教師にお金を要求するなんて考えられないわ！　ただの冗談だったのにおもしろく遊んでただけなのに。こんなに大げさにして！」

ただの雑音。ただの耳障りな音だ。

「ねえ、聞いてるのっ！　なんとか言ったらどうなのよ！」

由布子がドンッと足を踏み鳴らす。

「ねえっ！」

いた。

良夫は引き出しから、妻の署名欄以外すべて記入した離婚届を出して由布子の前に置

「はあ？　こんなときに突然なに言い出してんの！」

良夫は言った。

「離婚するから」

「は？　聞こえない！」

「……るから」


「バッカじゃないの！　勝手なことして！　どういうつもりよっ！」

「あなたと離婚します」

「ハッ、どうやって食べていくつもり！　一人でやっていけると思ってんの！」

「子どもと一緒に出て行きます」

「シングルファザーで二人の子どもを育てるなんて、無理に決まってるじゃない！　採用試験に受かったからって、調子に乗ってるんじゃないわよっ」

良夫が無言で離婚届をさらに押し出したところで、二階から耕介と俊太が下りてきた。

「うるさいよ。お母さんの声、二階までガンガン響く」

俊太が言う。

「離婚することに決まったわけ？」

離婚届を見ながら耕介が言った。

「パパが勝手に書いただけよ！　ほんっとムカつくわ。あんたたちのことなんて、なにも考えてないのよ。ごめんね、耕介、俊太」

由布子が子どもたちに笑顔を向ける。

「お母さん、新人男性教師をいじめてたってほんと？」

俊太がたずねた。耕介から聞いたのだろう。由布子がキッ、と良夫をにらむ。

「いじめてたなんて言葉が悪いわ。遊んでただけ。ただの勘違いよ」

由布子が明るい口調で返す。俊太が良夫を見たので、良夫はしずかに首を振った。

「……離婚したければすればいいと思う。お父さんが決めればいい」

耕介だ。

「なに言ってんの、耕介。あんた、大学行けなくなるわよ。離婚するなら、わたしは養育費も教育費も出す気ないから」

聞き流していたが、こればかりは聞き捨てならない。子どもの前でなにを言い出すのか。大学に行けなくなると言うなんて、言語道断だ。

「おい、ちょっ……」

「それ、脅しじゃん。お母さんが今言ったことは脅しだよ」

良夫にかぶせるように、耕介が言った。

「お母さんってすぐに脅すよな」

「ああ」

と、俊太がうなずく。

「あっ、そう！　じゃあ勝手にすればいいわ！　今まで一体誰のおかげで生活できたと思ってるのよ！」

「お父さんがご飯作ったり洗濯してくれたからじゃないの？」

「はあ？　誰がその食費を出したり洗濯機を買ったりしたと思ってんの！　その服だって、ぜんぶわたしが働いたお金で買ってるのよ！」

耕介が憎しみをこめた目で、由布子を見る。

「おれ、国立一本にする。奨学金制度もあるし」

ごめんな、と良夫は子どもたちに謝った。離婚すれば、今まで通りの生活とはいかないだろう。

「おれ、バイトするから」

「なにがバイトよ！　耕介、甘いこと言ってるんじゃないわよっ」

般若(はんにゃ)の面のような顔でまくし立てる母親を、俊太は目を丸くして見ている。こんな母の形相を見たのは、はじめてのことだろう。こんな母親の姿を見せたくなくて、良夫は今日までこらえてきたのだ。

「お母さんって、男をバカにしてるよね」

耕介が言う。

「バカになんてしてないわよ。ただ、女のほうが上だってだけ。生まれ持った性質なんだからしょうがないでしょ。この世は女社会で成り立ってる。だから物事がスムーズに回ってる」

「女のほうが偉いって言いたいわけだ」

「決まってるでしょ」

　耕介が大きなため息をついたところで、

「おれはそうは思わない」

　と、俊太が言った。

「同じ人間なんだから、どっちが上とか下とかないと思う」

「その通りだ、俊太」

　良夫は、息子に拍手を送りたい気分だった。

「なに言ってんの！　間違ったことを子どもに教えないでよ！」

　由布子が金きり声を出す。

「そうだ。ほら、あれ、聞いたわよ。原杉中の男子生徒が襲われたんでしょ」

「関係ねえだろっ！」

　俊太が険しい顔で叫んだ。

「女が男を使って襲わせたって。ひどい話よねえ。あんたたちも男なんだから、よっぽど気を付けなくちゃいけないわ、夜道なんて特に。ああいう事件だって、結局弱いのは男なのよ。観念して、よくよく気を付けないとね」

「なんだよそれ！　意味わかんねえよ！」

俊太の顔は真っ赤だ。良夫は胸が悪くなった。由布子は、注意喚起のためにこの話題を出したのではない。女がいかに強くて、男がいかに弱いかを揶揄するためだけに口にしたのだ。

「男のほうが用心して、気を付けなさいってことよ。誤解を招くような服装や髪型はだめ。夏だって、短パンなんてはいてちゃだめよ。ランニングシャツもNG。誘ってるように思わせる男が悪いんだから。隙を与えないようにちゃんとしてないと、今回みたいなことに巻き込まれるから気を付けなさいよ」

「なんで男が気を付けなくちゃならないんだよ！　悪いのは加害者だろ。被害者に落ち度なんてない！」

俊太は、つかみかからんばかりの勢いだ。

「俊太の言う通り。男がなぜ気を付けないといけないわけ？　悪いのは加害者一択だ。今回の事件で悪いのは、指示をした女と、実際に暴行した男でしょ。被害者はなにも悪くない。お母さん、そんなこともわからないで教師やってるわけ？　考え方を改めたほうがいいよ」

耕介が強い視線を由布子に送る。

「おれの子育ては間違っていなかったよ。二人ともどうもありがとう」

良夫は耕介と俊太に礼を言った。

「ハンッ！　バカであさはかで生活力のない男たちが徒党を組んだってわけね！　勝手にすればいいわ。ここはわたしの家よ。さっさと出て行きなさい。あとで吠え面かいても知らないから。さようなら」

　そう言って由布子は引き出しからボールペンを取り出し、離婚届にサインをした。見たこともないような筆圧の文字だった。

　思っていたよりも、かなり早く事が運んでしまった。けれど、これで正解なのだろう。

　離婚について改めて子どもたちに話すと、耕介は「お父さんがしたいようにすればいいよ」と言い、俊太は「あまり変わらないと思うからべつにいいよ」と言った。変わらないとはどういうことなのかとたずねると、

「お母さんがいてもいなくても、おれにはあんまり関係ないから」

と返ってきた。朝は挨拶もろくにしないうちに慌ただしく家を出て、帰宅後は良夫が作った食事をとって、良夫が掃除して沸かした風呂に入って、良夫が買ってきたビールを飲みながらテレビを見て寝る。子どもたちが幼い頃からほとんど変わらない由布子の日常だ。

　俊太は、日常生活を送る上で必要なのは父親で、父親がいさえすれば困ることはないと思っているのかもしれない。

由布子は子どもたちのオムツを替えることもしなかったし、子どもの病院に付き添ったこともない。子どもたちが受けた予防接種の種類を聞いても、一つも答えられないだろう。子どもの洋服や靴のサイズも知らないだろうし、それらをどこの店で購入しているのかもわからないだろう。

年に一度の家族旅行も毎回お客さん状態で、自分の下着の替えすら用意しなかった。俊太にとっての母親は、ただ仕事に行って家に帰って来るだけの人なのかもしれない。休みの日も疲れたと言って、子どもたちと遊ぶことはほとんどなかった。

良夫は不動産店をまわり、めぼしいマンションを見つけた。最寄り駅からは少し離れているが、バスも通っているし、自転車を使えば駅まで二十分もかからない。良夫としては、今の家からなるべく離れたかったが、俊太がどうしても中学校を替わりたくないと言い張った。バスならば通える範囲だし、教育委員会に事前に相談に行けば学区外からの通学も可能だ。

今日朝いちばんで、実際に部屋を見せてもらった。どの部屋も明るい雰囲気だったし、防犯上の問題もなさそうだった。2LDKで家賃も想定していたより安い。部屋割りで少しもめそうだが、男三人なんとかなるだろう。良夫はここに決めた。由布子と顔を合わせるたびに、「いつまでいるの?」「早く出て行けば?」などと言われるのはご免だった。

内見からの帰り道。良夫は、道を覚えたいからと不動産店の人と別れ、一人でゆっくりと歩いた。知らない道、知らない店、知らない家々。

「こんにちはー」

自転車に乗ったヤクルトおじさんが声をかけてくれた。良夫も「こんにちは」と返す。返してから、「ヤクルトおじさん」は失礼だろうと思った。すれ違った男性は、良夫よりかなり年下だ。昨今は「ヤクルトジェントルマン」と呼ぶらしい。

このあいだテレビで、すばらしい腕を持った竹細工職人のドキュメントをやっていた。日本でも数人しかできない技を持つ男性のことを、ナレーターの女性が「おじちゃん」と呼んでいて、申し訳なくなった。早くそういう風潮から抜け出してほしいと切に願う。

はじめて通る道はたのしさと少しの不安が入り交じって、子どもの頃に感じた未知への期待にも似た気持ちになる。あの頃からずいぶんと遠いところに来てしまったと、郷愁じみた思いにかられる。

電柱に「横断歩道はお父さんと手をつないで渡りましょう」と書いてあるポスターが貼ってあり、複雑な気持ちになる。

昔ながらの小さな書店があり、ふらりと立ち寄ってみた。文庫本が充実していてうれしくなったが、「男流作家コーナー」が設けてあり、なんとも言えない気持ちになる。

紳士科医院の看板には、「忙しい男性のために、土日も開院しています」と書いてあった。良夫は小さくため息をつく。女性には、「忙しい」などという枕詞をつけないくせに、男性に対して、わざわざ「忙しい」とつける意味はなんだろう。食材配達の看板には「忙しい夫さんのために」とある。

女性は忙しいのが当たり前で、男性は当たり前じゃないから、逆に気を引くと思ったのだろうか。それとも、男性や夫の日常の忙しさを、本当に理解している人が書いたのだろうか。どちらにしてもモヤモヤする。

秋葉政権のポスターが掲示板に貼ってある。「男性ならではの感性と意見を尊重します！」と、秋葉加代子首相がガッツポーズを決めている。人間の半分は男だというのに、「男性ならでは」とは、ずいぶんと大雑把な括りではないか。いちいち、女男のどちらかを取りざたする必要はないはずだ。

初冬の風が頬をなでてゆく。四十八歳。第二の人生のはじまり。これからは自分のために生きていく。我慢して生きるのはもうやめるのだ。来年に向けて準備万端整え、地に足が着いた穏やかな日々を過ごしていきたい。

ふと、前から歩いてくる人に見覚えがあった。ええっと、誰だったかなと思ったところで、思い出した。神崎青の父親だ。

「神崎さん」

すれ違うときに声をかけた。青の父親は一瞬ぼんやりしたあとで、あっ、と声をあげた。

「学童の……」

「池ヶ谷です。こういうところで会うと、すぐにわからないですよね」

青の父親は、「……あ、ああ」と言ったきり黙った。

「あの、青さんは……？」

思い切って良夫がたずねると、青の父親はパッと顔を上げて早口で言った。

「ぼくは一人娘の青のことを大事に思っていましたし、今も大事に思っています」

　良夫は小さくうなずいた。

「シングルで子どもを抱えて生きていくのは大変なんです。ぼくみたいなパート勤めは特にです。女に媚を売らないと出世できない。でもそういうことをすると、同性の男に叩かれる。だけど、きれいごとばかり言っていられないんですよ。男が一人で子どもを養っていくのがどれほど大変かわかりますか？　出て行った妻からは慰謝料も養育費もありません。離婚するまで、ぼくは専業主夫だったんですよ。子どもができて仕事を辞めたんです。妻が辞めてくれって言ったから、辞めたんですよ。ぼくにはなんの資格もないし、この年齢で正社員なんて、どこをさがしたって見つからないですよ。毎日かけもちして働きながら、子育てするのは並たいていのことじゃないです。特に青は育てにくい子どもです。ぼく、青のためにも再婚しようと思ってるんです」

　青の父親は一気にそうまくし立て、良夫になにも言わせないまま、足早に歩いて行った。その後ろ姿を見て、ずいぶん痩せたなと感じた。

　青の父親のことを、良夫は嫌いではなかった。学童のお迎え時、肩で息をして立っている青の父親を見ると、時間を過ぎたことを注意するよりも一人でがんばっていることにエールを送りたくなった。

青に暴力をふるったことは許しがたいが、はたして父親だけが悪いのだろうかと思う。彼なりに一生懸命やってきたはずだった。慣れない仕事と家事、子育てでいっぱいいっぱいだっただろう。思い通りに事が運ばなくてイライラしたことは、良夫にも覚えがある。手を上げたくなる気持ちになったことも、一度や二度ではない。

青の父親が言った言葉を反芻する。女に媚を売らないと出世できない。同性の男に叩かれる。出て行った妻からは慰謝料も養育費もない。再婚しようと思っている。妻が仕事を辞めてくれと言った……。良夫はゆっくりと歩きながら、息を大きく吐き出した。すべての言葉に、女社会が投影されているではないか。

「あっ、そうか……」

ふいに声が出た。男の敵は男。よく言われる言葉だし、学童の田島さんと接したりしていると、確かに実感することも多かった。でも、それは違うのではないだろうかと、今思う。

男の敵は男、その背景にあるのは女社会に他ならない。無意識のうちに女に気に入られようとする行動が、男の敵を作ってしまうのではないだろうか。

女に逆らうと大変な目に遭うという心理が、女の味方についているほうが得策であるという流れを自然と作り上げてしまうのだ。根底にあるのは、いつのまにか刷り込まれている女性優位社会と女の特権だ。

先日、田島さんと話したとき、田島さんはまるで自分の意見のように妻の考えを口にした。それだって無意識の刷り込みに違いないと、良夫は思う。我々世代は、生まれたときから当たり前に、女が特権を持つ女性優位社会で育ってきた。そう考えると、田島さんも被害者なのかもしれない。いつか田島さんと酒でも飲みながら、腹を割って話してみたい。

変えなければならない。女も男も同じ人間だ。性別で差別することがあってはならないのだ。小さなことからでいい。漫然と指をくわえて、しょうがないとあきらめるより、なんでもいいから行動を起こすことが大事だ。

知らぬ間にきつくこぶしが握られていた。変えなければならない。変わらなければならない。こんな世の中、間違っている。高く青い空を見上げながら、良夫の身体には力がみなぎっていた。

8

蓮が事件に巻き込まれたという噂を、いろんなところで耳にした。クラスメイトから、部活の仲間から、他校の生徒から、お父さんから、兄ちゃんから……。噂を耳にするたびにおれはムカついて、いいかげんなことを言うなと怒った。

誰も本人に直接聞いていないから、真相はわからない。蓮に直接聞いたところで、真実は本人にしかわからないだろう。

蓮はおれの大好きな友達だ。蓮が後ろの席になってから、おれはとてもたのしい。部活の仲間や他の友達と違って、蓮にしか言えないこともたくさんある。これを言ったら引かれるかもしれないってことも蓮になら言えるし、口に出すと照れるようなこともふつうに言える。

おれは蓮のことを大事に思ってるし、これからもずっと友達でいたい。蓮のことを悪く言う奴は許せない。

もし本当に蓮が事件に巻き込まれていたとしたら、噂自体が蓮を深く傷つけるだろうし、事件と無関係だったらそれはそれで傷つくはずだ。

蓮が被害者であったとしても、無関係であったとしても、蓮はおれの大切な友達だ。もし蓮がおれの助けを求めているのだとしたら、おれは全力で助けてあげたいと思う。

噂なんてくだらないものから守ってあげたいし、おもしろ半分にからかう奴らは絶対に許さない。蓮はおれの大切な友達だ。

【中林蓮】


「なあ、蓮。今の道徳の授業だけどさ、あの話おかしいと思わない？」

チャイムが鳴って休み時間になったとたん、俊太くんが後ろを振り返った。

「おかしい？」

「ほら、これさ」

と言って、俊太くんは道徳の時間に配られたプリントを指でぴんとはじいた。プリントには短い話が書いてある。

サトシの家は、お父さんと妹の三人家族。お父さんは朝早くから夜遅くまで働いていて、食事を作ったり洗濯をしたりするのは、中学二年生のサトシの仕事だ。妹は小学五年生。妹の世話をしたり、宿題を見てやったりするのもサトシの役割だ。

サトシの悩みは、勉強をする時間がなかなか取れないことだった。でも、そのことを友達には言っていない。家事をやって偉いねとか、家のことをやらされてかわいそうとか、妙な同情をされるのが嫌だったからだ。サトシはどうにか時間を作って勉強に充てていたが、成績は徐々に下がっていった。サトシの変化を心配した親友のマモルとタクヤが聞いても、サトシはなんでもないと言い張った。そこから一悶着あって、最終的にマモルとタクヤは、サトシの家庭の状況を知ることになる。二人はサトシのために、一肌脱ぐことにした。家事や妹の面倒を買って出て、その間にサトシを図書館で勉強させるというアイデアだ。

この作戦は成功した。サトシは図書館に通って勉強し、見事テストでいい成績をおさめることができた。けれど、こんなことは長くは続かないだろうとサトシもマモルもタクヤも思っている。サトシは友達に申し訳ないと感じたし、マモルとタクヤは余計なお世話だったのではないかと反省している。

という、そんな物語だ。

「本当に余計なお世話だって人と、マモルとタクヤの友情はすばらしいっていう意見で分かれたよね」

蓮が言うと、俊太くんは、

「そんなことより、もっと肝心なのはさあ」

と、ぐっと上体を倒してきた。鼻先に俊太くんの顔が来るような恰好になって、思わず顔を引っ込める。

「そもそもの設定がおかしいって話。なんでサトシが一人で家事やってんの？　妹、五年生なんだから分担してやればよくない？　友達がどうにかするんじゃなくて、兄妹で話し合えばよくね？　それに宿題なんて自分でやれよって話。あとさ、食事の支度なんてそんなに時間かかるか？　冷食や缶詰や出来合いの総菜でもいいし、もし経済的な問題があるなら、肉が安いときにたくさん買って冷凍しておいたり、パンの耳を安く手に入れて調理したりさ、いくらでも工夫できるじゃん」

「うん、確かに」

と、蓮はうなずいた。

「そもそも男だからって、サトシが家事やる必要ないだろ？　今の時代におかしな設定だ」

「ほんとそうだね」

蓮は深くうなずきながら、俊太くんは鋭いなあと思っていた。誰もそのことについては言及しなかった。

「てかさ、勉強時間が取れなくて悩む中学生ってめずらしくね？　たとえどんなに時間あったとしても、おれは勉強しないけどな」

言いながら俊太くんが笑う。

「おれさ、最近バイアスが気になってんの」

「バイアス？　バイアスって先入観とか偏見とかのこと？」

「そうそう！　蓮、よく知ってるな。やっぱ頭いいよなあ。おれは兄ちゃんから聞いたんだ。今、おれさ、ジェンダーバイアスについて気になってるわけ」

ジェンダーという言葉にどきっとする。

「蓮にだけ言うけど、うちの親、離婚したんだ」

「えっ……、そ、そうだったんだ」

「うん。名字は池ヶ谷をそのまま使うから、みんなは知らないと思うけど。お父さんは旧姓の山田に戻したんだ。だって、山田より池ヶ谷のほうがかっこいいじゃん？」

蓮は笑って、あいまいにうなずいた。

「お父さんがシングルになってさ。そのことがきっかけで、女男格差について考えるようになったんだ。名字のことだって、面倒なのは男のほうじゃん？」

深くうなずく。

「家出てくのも結局、男のほうだもんな。あー、引っ越しするのめんどくさいなー」

「ええっ⁉」

思わず大きな声が出てしまい、慌てて口を押さえた。

「ひ、引っ越しするの？」

「うん、引っ越しはこれから。もう次に住むところ決まってるから」

「じゃ、じゃあ、もしかして転校するの……？　原杉中じゃなくなるの？」

大きな不安が、どっと押し寄せてくる。俊太くんがいなくなるなんて絶対にいやだ。絶対にだめだ。

「転校はしないよ。転校したくないから、新居は原杉中に通えるところにしてもらったんだ。バス通学になる予定だけど」

「そうなんだ！　よかったあ……」

心底ほっとした。

「こういう話できるのって、蓮しかいないからさ。転校したら蓮とも会えなくなるし」

「……どうもありがとう」

「こっちこそ、ありがとーだよ」

照れたような顔で俊太くんが言った。蓮は感極まって泣きそうになった。


「おかえり、蓮くん。学校はどうだった？」

「……ふつう」

「パウンドケーキ作ったから、食べなよ」

「うん、あとで」

「あっ、蓮くん、ちょっと待って」

学校から帰ってきて、二階に行こうとしたところでお父さんに呼び止められた。呼び止めたわりに、困ったような顔で蓮を見ている。

「なに」

「あのさ……、私立の中学校に転校するのはどうかなと思うんだ」

「なんで」

「ほら、元々中学受験したほうがいいかなって思ってたし」

「中学は公立って言ってたじゃん」

「うん、まあそうなんだけど、お父さんは、蓮くんは私立向きかなってひそかに思ってたんだ」

へえ、と言うしかなくて、へえ、とつぶやいた。

「どう？ 蓮くんの成績だったら、中途入学できる私立中学もたくさんあるし」

「いい、このままでいい」

「いや、お父さんは絶対に私立がいいと思うんだ。中高一貫だから高校受験もないし、大学の付属校っていうところもあるし。ほら、ちょっとこれ見てみなよ」

お父さんはそう言って、分厚い首都圏の私立中学案内本を取り出してみせた。

「中途入学できるところに付箋つけたんだ。ほら、こんなにあるん……」

「原杉のままでいい。ぼくは原杉中を卒業するから」

「ちゃんと見てみなって。とりあえず、見てから決めればいいじゃない。絶対に今よりいいから」

「今よりいいだなんて、なんでそんなことがお父さんにわかるの？」

「だって、そりゃそうだろ」

勢いよく言ったお父さんの顔が、見る見るうちに曇る。眉根を寄せて奥歯をかみしめて、それきり黙った。

「このままでいいから」

と、蓮は言った。

「……だって蓮くん、いやな思いすることあるだろ。噂とか……」

そう言って、うっ、と喉が詰まったような音を出した。泣いているのかと思ってびっくりしたけど、泣いているわけではなさそうだった。

「お父さんは、これ以上蓮くんに傷ついてほしくないんだ」

「ぼくは大丈夫だよ」

「蓮くん……」

お父さんがまた喉の奥から、ううっ、と音を出した。蓮はしずかに二階へと上がっていった。

もちろん毎日嫌な思いをしてるし、とても傷ついている。あの事件以来、毎日ずっと傷つき続けている。朝目覚めるたびに、あれは現実に起こったことなんだと思い知らされて、深い喪失感に襲われる。

思い出すたびに身体が鉛のように重たくなって、この身体ぜんぶを消したくなる。怖くて気持ち悪くて、叫び出したくなる。思い出したくないのに、毎日何度も何度も勝手にあの日のことが脳内で再生されて、そのたびに死にたくなる。

着替えて下に下りていくと、ちょうどお姉ちゃんが帰ってきた。

「おかえり、鈴ちゃん。パウンドケーキあるよ」

と声をかけたお父さんが、はっと息を呑む。

「どうした？　なにかあったのか」

見ればお姉ちゃんは泣いていた。

「なんでもない」

「誰かになにか言われたのか」

お父さんの小さな声は、蓮の耳にすっかり届いた。お姉ちゃんは首を振っていたけど、それがどんなことなのか、蓮にはわかっていた。ぼくのことだ。ぼくの事件のことを誰かに言われたのだと。

「大丈夫か」

「……大丈夫じゃない。どうしてこんなことになったのかわからない」

言いながら、お姉ちゃんが首を振る。蓮にだってわからなかった。どうしてこんなことになったのか。

「ねえ、蓮は事件に巻き込まれたの？　ねえ、本当はなにがあったの？　自転車で転んだって言ってたけど、違うんでしょ？　学校にはインフルエンザってことにしてたみたいじゃない……。ねえ、まわりのみんなが知ってて、家族のわたしが知らないなんておかしいよ。本当のことを教えてよ、お父さん」

こういうとき蓮は、蓮の身体からすうっと抜け出して、天井付近から空っぽの自分を見ている。学校で誰かが蓮の噂をしているときも、蓮は天井あたりから空っぽの蓮を眺めている。

　お父さんになにかをたずねられ、蓮は、天井付近の蓮に操られてうなずいた。お父さんがお姉ちゃんに、なにやら話しはじめる。お姉ちゃんが話を聞きながら、声をあげて泣き出す。泣きたいのはぼくのほうだよ、と天井付近の蓮が言う。ひどいとかかわいそうとか言いながら、お姉ちゃんがしゃくり上げる。

「ねえ、誰も知らないことなのに、どうして噂になってるの？　なんで？　おかしくない？」

「……わからないんだ。どうして、どこから話がもれたのか……。ごめんな、蓮くん、ごめん。鈴ちゃんもごめん」

「塾だと思う」

　と蓮は言った。地に足を着けているほうの蓮だ。事件後、塾を休んだまま退塾したことを先生が心配していたと、塾に通っている友達から聞いた。その友達は、事件の日、蓮の帰宅が遅かったことも知っていた。

　お父さんがぐったりとうなだれる。

「わたし、蓮のことは絶対に誰にも言わない。家族だけの秘密だよ。わたしは蓮のことを守る。大事な弟だもん。とやかく言う奴は許さない」

　蓮は天井と床を行ったり来たりしながら、お姉ちゃんに申し訳ないなあと思っていた。自分のせいで、お姉ちゃんは学校で大変な思いをしているのだ。

お姉ちゃんが蓮の肩をさすった。その肩をお父さんがさする。蓮はまた天井付近に移動した。下手な家族の三文芝居を見ているようだと、天井付近の蓮は思ったりした。

心療内科にはお父さんが一緒について行ってくれる。病院は家からはだいぶ離れたところにあって、お父さんが運転する車に乗って出かける。知り合いに会うことはないけれど、誰かに見られたら嫌だなと、来るたびにぼんやりと思う。通院することは、お母さんの勧めらしい。

先生はやさしい男の先生だ。先生に聞かれたことには答えるけれど、蓮のほうから話したいことは特にない。こんなことをしてなにか意味があるのかなと思う。先生は話し上手だから苦痛ではないけれど、こんなことでお金と時間を使うのはもったいないのではないかと思う。

今日は学校内で付き合っているカップルの話題になった。蓮くんは好きな人いるの？と聞かれたからうなずいたけど、それが俊太くんだってことは言わなかった。もし今度また聞かれたら、そのときは言おうと思う。心療内科の先生なんだから、男が男を好きでも受け止めてくれるだろう。

「どうだった？」

帰りの車でお父さんが聞く。

「べつに、いつもと同じ」

「そうか。でも続けて通っていると、きっといいことあるって言ってたよ、お母さんが」

「ふうん」

窓の外の景色が流れていく。いや、景色が流れているわけじゃない。自分が前に進んでるから、景色が後ろに流れているように見えるだけだ。これからたくさん時間が経っていけば、少しは平気になるだろうか。そうなればいいな。流れる景色を見ながら、蓮はぼんやりと思った。


「わあ、美味しそうなビーフシチューね」

テーブルの上の夕食を見てお母さんが言う。お母さんは事件のことについて、なにも言わない。

「蓮。どう、調子は？」

と、顔を見るたびに聞くだけだ。

「ふつう」

と、蓮は毎回答える。ふつう、ってなんだろうと思いながら。

「鈴ちゃんは塾ね」

今日は三人での食卓だ。

「ねえ、蓮。家庭教師はどうかしら？」

お母さんが笑顔でたずねる。塾をやめたから成績の心配をしているのかもしれない。

蓮は小さく首を振った。

「お母さんの学生時代の友人の息子さんが今大学生なんだけど、家庭教師のアルバイトしてるんだって。とても優秀だし、すごく評判がいいらしいの。どう？」

さっきより少し大きく首を振った。

「蓮くんは自分で勉強してるもんな。成績もいいし、大丈夫だよ」

お父さんが、お母さんに向かって言う。ちょっとでも隙間時間があると、ふいにあの日のことを思い出してしまうから、なるべく余計な時間を作らないようにして過ごしている。本を読んだり、勉強したり、絵を描いたりだ。勉強する時間も前より増えた。きっと成績も上がると思う。美術部には、あれ以来行っていない。好奇心丸出しの目で見られるのは嫌だし、どこにいたって絵は描ける。

「そうだ、蓮。お父さんから私立中学転入の話、聞いた？　お母さんも、蓮には私立のほうが合ってるんじゃないかって思うの。男子校とかどう？」

お母さんが蓮を見据えて言う。

「蓮くんにはもう伝えたんだ。でも今のままでいいんだって」

お父さんがとりなすように間に入る。

「あら、なんで？　地元の公立中に行ってたって仕方ないわよ」

「お姉ちゃんは行ってる」

と、蓮は返した。

「あはは、お姉ちゃんは女だからね」

　お母さんが笑う。

「蓮、ちゃんと考えてね」

「ぼくはこのままでいいから」

「うんうん、蓮くんの好きなようにしたらいいよ」

　お父さんの言葉に、お母さんがムッとしたのがわかった。

「どうってことないわよ」

　しばらくの沈黙のあと、お母さんが突然言った。

「蓮、あんなこと、どうってことないわ」

「ちょ、ちょっと、千鶴さん……」

「忘れればいいわ。なかったことにするのよ。早く忘れてしまいなさい」

　不意打ちだった。蓮は天井に行くことすらできずに、その場で固まった。

「事件のことを誰も知らないところに行けばいいのよ。他県で寮生活なんかどう？」

「ちょっと、千鶴さんっ」

「変な奴にからかわれただけよ。犬におしっこを引っかけられたと思えばいいわ。これからはもう、夜道を通らなければいいだけの話。蓮は顔がかわいいから、帽子やマスクを普段からしてればいい。夏はなるべく素肌を出さないように気を付ければ大丈夫。洋服はあんまりフィットしてないものを選んでね。そういうことに気を付けていれば、これからはもう事件に巻き込まれることはないわ」

お母さんが強い視線をよこす。まるで怒られているみたいだ。

「ごちそうさま。ビーフシチュー美味しかった。もう少し甘くてもいいけど」

お母さんはそう言って席を立ち、仕事するから、と続けて書斎へと入っていった。

お父さんの肩がかすかに震えていた。

「……蓮くんが原杉中がいいなら、それでいいからね。お母さんには、お父さんからちゃんと伝えておくから」

蓮はこくっとうなずいた。首がやけに重たくて、うなずいたきり元に戻らないのではないかと思うほどだった。

「ごちそうさま」

「蓮くん、ぜんぜん食べてないじゃない。ゆっくり食べればいいよ」

「……あとで食べる」

そう言って蓮は二階の自室へ行った。ベッドにごろんと横になる。お母さんが言った言葉が頭のなかをぐるぐる回る。

忘れればいいわ。なかったことにするのよ。

そんなことができるのだろうか。忘れることができるのだろうか。なかったことにできるのだろうか。お母さんが言ったように、犬におしっこを引っかけられただけなのだろうか。なんだかひどく疲れた。考えたくない。面倒くさい。

ふいに目が覚めた。短い時間のうたた寝だったようで、朝起きるときに感じる落ちていくような喪失感はなかった。蓮は黒い気持ちに襲われる前に起き上がって、階段を下りた。

「病院にまで噂が広まってるのよ。働きづらいったらないわ」

「そんなこと言わないでくれ。いちばん辛（つら）いのは、蓮なんだ」

お母さんとお父さんの声。

「とにかく蓮は転校させたほうがいいわ。さっきは思いつきで言っただけだったんだけど、蓮を寮に入れるのは名案だわ。蓮だってそのほうがいいに決まってる」

「いや、蓮は原杉中を卒業したいそうなんだ。ぼくは蓮の意思を尊重したい」

「あなたはいいわよ、専業主夫なんだから。わたしや鈴はどうなるのよ？　鈴だって学校で辛い思いしてるんでしょ？」

「千鶴さん、何度も言うけどいちばん辛いのは蓮くんだよ。まずは蓮くんの心のケアがなにより大事だ」

「心療内科に行ってるんだから、プロに任せておけば大丈夫よ。ああ、それにしても、蓮は本当に運が悪い子だわ、がっかりしちゃう。あ、そうだ、蓮をあんまり外に出さないでね。見世物になっちゃうから。じゃあ、わたし仕事の続きするわ。あとでコーヒー持ってきてくれる？」

「……わかった」

蓮はお母さんが書斎に行ったのを確認してから、夕食の続きを食べるために階段を下りていった。

「俊太くんが転校しないから、ぼくも転校しないよ」

本当はそう宣言したかったけれど、いきなりそんなことを言っても俊太くんが戸惑うだけだから、蓮は心のなかだけで唱える。その想像は、自分と俊太くんがあたかも大親友かのように思わせてくれる。

「ほら、行こうぜ、蓮」

「ああ、うん」

これは現実の会話。次の授業は体育だ。

「今日から跳び箱だったよな。運動場じゃなくて体育館だな」

「うん」

スキップするように歩く俊太くんの後についていく。俊太くんと一緒にいるときは、誰もなにも言わない。蓮は俊太くんの一部になって、噂の渦中の中林蓮ではなくなる。

俊太くんは、八段の跳び箱をきれいに跳んだ。こんなに長くて高い跳び箱を跳べるなんて、俊太くんってすごい。蓮は五段で尻(しり)もちをついた。何人かの生徒が小さく笑った。

「いやーん、助けてえ」

「ぼくちゃん、かわいいなあ。おじさんといいことしようや」

「きゃははは」

体育の授業が終わったあと、廊下で女子たちが待ち伏せしていた。俊太くんは他のクラスメイトと一緒で、蓮は一人で教室に戻る途中だった。

「ねえ、蓮ちゃん。実際はどうだったの？　本当のこと教えてよ」

「噂の真相はいかに！」

「あーん、ぼくもう、お婿にいけない身体になっちゃったあ」

「あはははは」

蓮はすうっと天井付近に移動して、女子たちの笑い声をしずかに聞いた。

「おい」

俊太くんが走ってきた。俊太くんの姿を見た瞬間、蓮は天井から下りて、廊下で突っ立っている自分に戻った。

「なにしてんだよ」

女子たちがおかしそうにクスクスと笑う。

「なんでもなーい」

「なんでもなくないだろっ。蓮一人に対して、そっちは四人で卑怯だぞ」

「なに、卑怯って？　笑えるんですけど」

「人が嫌がることとするな」

「嫌がってるように見えないけどなあ。ねえ、蓮ちゃん」

「人の噂してなにがたのしいんだよ！　蓮にかまうのはもうやめろ。二度と近づくな」

「はっ？　男のくせになに威張ってんの？　ばっかみたい」

「男とか女とか関係ないだろっ。女なら威張っていいのかよ！　それにおれは威張ってなんていない。当たり前のことを言ってるだけだ」

「俊太ってマジうざっ。行こ。ムカつく」

四人のうち二人は文句を言いながら、残りの二人は笑いながら去っていった。

「……ありがと、俊太くん。ごめんね」

「なんで蓮が謝るわけ？　どう考えてもあっちが悪いだろ」

「ごめん」

「ほら、また謝るー！　今度謝ったら罰金な」

罰金という言葉に笑いたかったけれど、うまく笑うことはできなかった。

放課後、一緒に帰ろうと俊太くんに声をかけられた。今日は部活がないらしい。ここのところ、蓮は誰よりも早く一目散に校門を出て行っていたから、こうして誰かとゆっくり歩いて校門を出ることが、ずいぶんとひさしぶりで新鮮だった。

俊太くんが社会科の担当教師の真似をする。社会科の先生はとても太っていて首がほとんどなくて、顔が肩にめり込んでいるように見える。

「えいー、十六世紀半ばー、マカオを根拠地としていたポルトガル人がー、えいー、平戸や長崎でえー、えいー、ニッポンとの貿易を開始いー」

俊太くんが肩を持ち上げて二重あごを作る。

「あはは、そっくり」

「あいつ、なんでも『えいー』ってつけるんだよな。んで、二日酔いのときは『えおー』になる。えおー、イエズス会のフランシスコ・ザビエールがー、えおー、おえっおえっ」

蓮は涙が出るほど笑った。俊太くんって、本当におもしろい。

「あっ、おれ、こっちなんだ」

「ぼくはこっち」

「なんだか話し足りないよな。蓮、うちに遊びに来る？」

「えっ？」

「あ、いや、だめだ。荷物がひどいことになってるんだった」

引っ越しの荷物のことだろう。俊太くんはいつもと変わらないように見えるけど、きっと大変な状況なんだと思う。

「じゃ、じゃあ、ぼくのうちは？」

言ってから、自分でびっくりした。なんでそんなことを口走ったのだろう。迷惑に決まってるじゃないか。

「うそうそ、冗談。ごめんね」

「え？　うそなの？　蓮のうちに遊びに行きたかったなあ」

「ほんとに決まってんじゃん」

その瞬間、つぼみが一気に花開いたように、蓮の心はわあっと外に向けて広がった。

お父さんは庭木に水をやっているところだった。蓮に気付いてエプロンで手を拭き、

「おかえり、蓮くん」

と言った。

「ただいま。友達も一緒なんだ」

俊太くんが顔を出すと、お父さんの目が驚いたように見開かれた。

「こんにちは。池ヶ谷俊太です。お邪魔します」

「あ、ああ、こんにちは。どうぞどうぞ、さあ入って。いやー、まさか蓮が友達を連れてくるなんて。びっくりしちゃって。さあ、どうぞ！」

挙動不審のお父さん。友達が遊びに来るなんて小学校低学年以来だから、気持ちはわかる。

「ぼくの部屋、二階なんだ」

俊太くんが後ろをついてくる。

「あとでおやつ持っていくよ」

お父さんの声が弾んでいる。

「でっかい家だなあ。部屋もきれいだし」

蓮の部屋を見て、俊太くんが言う。

「適当に座って」

というセリフを、これまで何度想像したことだろう。俊太くんがうちに遊びに来て蓮がそう言うと、俊太くんは床にあぐらをかくのだ。でも現実は違った。俊太くんは、すでに床に腰をおろしていた。あぐらは想像通り。

「あー、なんか落ち着くわ」

「そ、そう？」

「広々してていいなあ」

ドアがノックされて、お父さんがおやつと飲み物を持って入ってきた。

「俊太くん、蓮と仲良くしてくれてありがとうね。俊太くんのお父さんとは、ＰＴＡで一緒なんだよ」

お父さんが言い、俊太くんがそうですか、と答えた。

「今日、シュークリームを作ったんだ。蓮の好物なんだよ。よかったら食べてみて。俊太くん、ゆっくりしていってね」

「はい、ありがとうございます」

お父さんが下に下りて行くと、うまそー、と俊太くんは言い、お父さんが作ったシュークリームを丸ごと口に入れた。うまっ、と言ったあと、ほぶっ、と音がして、俊太くんの口の端からカスタードクリームが垂れた。蓮がボックスティッシュを滑らせると、一枚抜き取って慌てて拭(ぬぐ)った。

「欲張っちゃったぜー、参ったぜー」

照れたふうに言う俊太くんがおかしくて、二人で笑った。それから、漫画のことやYouTubeのことやゲームのことなんかをいろいろと話した。その途中、蓮は何度も何度も、これは夢じゃないだろうかと思った。この部屋に俊太くんがいるなんて、こんなことが実際にあるのだろうかと。

「なあ、内緒の話聞いてくれる？　蓮にだけ言うけどさ」

「うん」

「うちのお母さんって教師なんだけど、新人の男性教師をいじめてたんだってさ。あり得なくね？　そんなのニュースやワイドショーのなかだけの出来事かと思ってたら、まさかの家族が加害者だよ。マジ神経疑うわ」

俊太くんは、俊太くんのお母さんやお父さんや離婚のことをたくさん話してくれた。話しにくいことだと思うのに、俊太くんは堂々と冷静に、ときには笑いを交えて話してくれた。

「俊太くんは、そういうところからジェンダーバイアスについて考えたんだね」

蓮が言うと、「やっぱ、蓮はわかってる！」と蓮の肩をバシッと叩(たた)いて、ものすごくうれしそうな顔をした。蓮のほうがうれしかった。

「今さ、いやな事件が多いじゃん。女が男に命令して、中高生男子を襲わせるってやつ」

手足が一気に冷えた。次の瞬間、今度はどうっ、と熱くなって汗が額から噴き出てきた。蓮はかろうじてうなずいた。

「ワイドショーの報道なんかでさ、男が襲われるのは、女を刺激するような恰好をしてるから悪いとか、男に隙があったんじゃないかとか、男のほうが誘ったんじゃないかとか言う、頭のおかしいババアたちがいるじゃん？　おれ、ああいうのほんとにムカつく。問題をすり替えるんじゃねえ！　って声を大にして言いたい」

「……うん」

蓮はなんとかうなずいた。俊太くんの前ではどんなことがあろうとも、蓮は絶対に天井に浮くことはない。蓮は蓮自身のなかで、じっと息をひそめていた。心臓だけがばくばくと音を立てている。

「被害者に落ち度なんてないんだ。たとえ、男が裸で寝転んでたって関係ない。襲った側が百パーセント悪いんだ」

俊太くんは事件のことを知っているに違いないと思った。今ここで、事件のことを俊太くんに打ち明けたほうがいいだろうか。俊太くんは、親の離婚のことをぜんぶ話してくれたじゃないか。

蓮も俊太くんに事件のことを話したかった。本当の気持ちを聞いてもらいたかった。いや、でも、あんなこと話せない。引かれるに決まってる。嫌われるに決まってる。話したくない。いや、でも話したい。ううん、話したくない……。

「あ、あの、俊太くん！　ぼく……」

「なあ、蓮」

俊太くんが蓮の言葉をさえぎるように手をあげた。

「おれの理想の未来はさ、男が好きな恰好をして夜道をたのしく歩ける世の中になることなんだ。男がビキニパンツ一枚でも、怖がらずにビクビクしないで夜道を歩ける世界。どう？　それこそが正しい世界じゃね？」

鼻の奥がつんとして、目頭がじわっと熱くなった。蓮は慌てて瞬き（まばた）をしてごまかした。

「……ぼく、俊太くんと同じ原杉中に通いたいから……転校しないんだ」

蓮の口からは、勝手にそんな言葉が出てきた。

「えっ、転校の話があったの？」

小さくうなずいたら、涙がこぼれた。一つこぼれたら、次々と落ちてきた。

「……ぼくは転校……しないんだ……」

やばい、涙が止まらない。恥ずかしすぎる。どうしよう、どうしたらいいんだ。頭では冷静にそう思っているのに、涙は勝手に流れ出た。

転校の話をするつもりなんてなかった。押し付けがましいし、それにこれじゃあまるで、事件に遭ったことを告白しているみたいじゃないか。

「蓮が転校しないでくれて、おれ、うれしいよ」

「……ごめんね……、こんな……泣くつもりなんて……なかったんだけど……」

「なあ、蓮。おれ思うんだけど、蓮はいつだって正しいよ。ってことは、その他が間違ってるってことだ。なにがあったとしても、蓮はひとつも悪くないんだ。堂々としてていいんだ。それが正解なんだ」

蓮は泣きながらうなずいた。

「今、おれ、めっちゃかっこいいこと言ったよな？」

そう言って笑う俊太くんは、めっちゃかっこよかった。俊太くんは味方だ。そう確信できた。

ありがとう、俊太くん。どうもありがとう。きっと俊太くんは、ぜんぶわかってるんだ。ぜんぶ知ってて、その上で堂々としてていいんだと言ってくれてるのだ。

「おや、もう帰るの？　夕飯を食べて行ったらどうだい？」

階段を下りていくと、キッチンからお父さんが顔を出した。

「いえ、帰ります。お邪魔しました」

「じゃあ、シュークリーム持っていって。たくさんあるから。ちょっと待ってて」

お父さんがケーキ屋さんでもらうみたいな箱を持ってきて、俊太くんに渡した。

「よかったら、ご家族皆さんで食べてね」

俊太くんは、ありがとうございますと言って受け取った。

蓮は通りの角まで送っていった。夕暮れ時。西の空がオレンジ色に染まり、まだ昼間の続きをしたい東の青空とのグラデーションが美しかった。

「俊太くん、今日はどうもありがとう。来てくれてうれしかった、すごく」

「うん、おれも！　また遊ぼうぜ」

俊太くんが手を振って、蓮も手を振った。

「じゃあ、また明日な」

俊太くんが振り返って笑うたびに、蓮の胸は震えて、また泣きたくなった。

「俊太くん、礼儀正しくていい子だね」

家に戻ると、待ち構えていたようにお父さんが言い、蓮はうなずいた。

「ところで蓮くん、大事な話があるんだ」

お父さんの真剣な表情に、足を止めた。

「近頃、不審者情報が多かっただろ？」

不審者の目撃情報がいくつかあり、蓮が遭遇したような事件が市内や近郊で発生したという話を耳にしたことがあった。

「容疑者が捕まった」

びっくりしてお父さんの顔を見た。

「自白している件もあるみたいだけど、名乗り出ている被害者が少ないから立件できないらしい。お母さんには言うなって止められてたんだけど、お父さんは蓮くんに伝えたほうがいいと思ったんだ」

お父さんの瞳は細かく揺れていた。

さっき俊太くんは、ぼくのことを正しいと言った。ひとつも悪くないと。堂々としていればいいと。そうだ、俊太くんの言う通りだ。ぼくはなにも悪くない。なにひとつ悪くないいんだ。なんで、なにも悪くないぼくがおびえていなくちゃならないんだ。堂々としていていいに決まっている。悪いのは犯人だ。

「お父さん、あのときのぼくの服、とっておいてあるんだよね」

「あ、ああ、よく知ってたな。うん、ちゃんととってあるよ」

「ぼく、警察に行くよ」

お父さんが驚いた顔で蓮を見る。

「ちょ、ちょっと待って。よく考え……」

「警察に行く。あの日のことをぜんぶ話す。ぼくは悪くない」

うっ、という音がして、お父さんが喉を押さえた。今度こそお父さんは泣いていた。しゃくり上げるように泣いていた。蓮は、お父さんが泣いているところをはじめて見た。

「……ごめん、泣いてる場合じゃないよな……蓮くん、わかった。うん、警察に行こう……。警察に……ううっ……」

「ぼくは大丈夫だよ」

「うんうん、蓮くんは大丈夫だ……」

ぼくはなにも悪くない。ぼくはもう泣かない。天井付近に漂ったりもしない。ぼくはなにひとつ間違っていない。ぼくは正しい。ぼくはちゃんとここにいる。

蓮は心のなかで、何度もそう繰り返した。繰り返すたびに、自分の身体に自分が戻ってくるような感覚があった。

9

ぼくはぜんぶ話した。悪い奴らをとっちめるために警察という組織があるんだから、考えてみたら当然のことだ。はずかしいと思っていたけど、恥を知るのは向こうのほうだ。

ぼくはたずねられたことにハキハキと答え、同じ質問をしつこくされても堂々と返した。警察官はほとんどが女性だったから、最初は少し言いづらかったけど、「ぼくは悪くない。ぼくは間違っていない」と、心のなかで繰り返しながら、しっかりと答えた。俊太くんがぼくに勇気をくれたから、ぼくはもう天井に行ったりしない。ぼくは、ここにいるぼくで正解なんだ。

あんなに噂をしていた人たちは、ぼくが本物の被害者だとわかったとたん、噂をするのをやめた。やさしさや思いやりで噂をしなくなったというよりは、触れたらいけない禁忌みたいに、そのことを口にしたら自分にまで災いが降りかかるかのように、恐れを持って遠巻きに見ている。

朝起きたときの、どーんと落ちていくような喪失感はまだあるけれど、浮上までの時間は前に比べて短くなった。「俊太くん」と名前を呼ぶだけで、ぼくは大丈夫だって思える。「俊太くん」は、魔法の言葉だ。ぼくは一日に、何度も何度も心のなかで唱える。

実際に声に出して名前を呼べる幸せをかみしめながら。

【澄田隆司】


「いらっしゃいませ」

ドアベルが鳴り、明るい声をあげて隆司が振り返ると、入口に立っていたのはたっちゃんだった。

「あれ、どうしたの、散髪？　カラー？　にしてはまだ早いか」

たっちゃんは、顔色をなくして隆司に近づいてきた。

「ねえ、ちょっと隆ちゃん。聞いた？」

たっちゃんが口を開いたところで、「専業主夫は暇だねえ！」と義父がひとりごととは思えない声の大きさで言い、

「あ、ええっと、そうだな、ヒゲだけあたってもらおうかな」

と、たっちゃんが慌てたように付け足した。次の予約のお客さんまで四十分ほどある。とりあえず椅子に座ってもらう。

「あの話、聞いた？」

蓮くんのことだろう。隆司は小さくうなずいた。

「おれ、びっくりしちゃって……。隆ちゃん、知ってた？」

「うん、まひるから聞いたよ」

「……うちらは女の子だからいいけど、あんまりひどい事件だからさ。まさか希来里の同級生が被害に遭うなんて……」

ウオッホン、ゴッホン、義父が大きく咳払いをする。ここは世間話の場じゃないと言いたいのだろうけど、ここは世間話の場でもある。

「このあたりも物騒になったもんだよね……。その子、これからどうするんだろ。生きていけなくないか？　噂が広まって、結婚するのも大変だよね。お婿さんにもらってくれる奇特な人なんていないだろうし。中学生でキズもんのレッテルを貼られちゃうなんてさ。お先真っ暗、地獄の人生だよ。うちは女の子でほんとによかったって、つくづく思った。男の子はほんと大変だよ。いくら婿に出すとはいえ、結婚するまではちゃんと親の責任を果たさないと」

「うん」

「その子の親を思うと、切なくなるよ。塾に行かせるだけで、こんな目に遭っちゃうんだから」

「そうだね」

隆司は相づちを打ちながら、たっちゃんの顔を蒸しタオルでスチーミングした。たっちゃんは口を開けられる状態になるたびに、蓮くんの事件についてしゃべった。そして、しゃべったあとに必ず、うちは女の子でよかったと付け加えた。

「じゃあ、また寄らせてもらうね。こないだカラーしたばっかりなのに、もう白髪が目立ってきて嫌になっちゃうよ。その点、ほんと女はいいよな。白髪だらけでもお腹が出ても、それが歳を重ねてきた味わいだって風潮だもんな。おれなんてさ、三週間に一回染めないと、根元の白いのが目立ってきて富士山みたいになっちゃうから大変だよ。ほうれい線も目立ってきたし、尻も垂れてきたし、腹も出てきたし。そうでなくても、男は若いときからすね毛やヒゲの脱毛で金がかかるじゃん。それなのに歳をとったらとったで、今度は髪の増毛だもんなあ。ほんっと大変だよ。じゃあまたね、隆ちゃん。またすぐ来るよ」

「うん、どうもありがとう。じゃあね」

「うちら、つくづく娘でよかったよなあ」

たっちゃんは最後にそう締めて帰っていった。隆司が片付けをしていると、

「……ああいうの、いやだねえ」

と義父は聞こえよがしにつぶやいて、わざとらしいため息をついた。

「どうして他人事なんだかねえ。思いやりってもんがないねえ。他人の不幸は蜜の味ってクチだな、ありゃ」

パパ友のたっちゃんのことを悪く言われるのはおもしろくなかったけれど、隆司は、そうですねと首肯した。義父の耳にも、蓮くんの事件のことは届いているのだろう。

退院後、義父はすっかり元気になった。隆司に対する嫌みは、以前よりパワーアップしていると言っていい。イラつくことも多いが、なにより健康でいてくれることがいちばんなんだと自分に言い聞かせれば、多少のことは我慢できるようになった。

「専業主夫か？」

たっちゃんのことを聞いているのだろう。

「はい」

「暇ってのは悪だな。人間、暇があるとろくな事しねえし、言わねえもんだ。男だって仕事しなきゃいけねえよ」

隆司は少しの間のあとで口を開いた。

「仕事したくても、できない男性ってたくさんいるんですよ」

「そんなもんいるかい。女に甘えてるだけだ。もしくは仕事を選んでるか、だ」

「いや、家事や子育てを妻に任されることもあるし、妻が仕事するなって人も多いですし」

「はんっ、妻、妻ってうるせえなあ。自分の食い扶持ぐらい稼げなくて、生きてる価値あるかい」

こういうとき隆司は、義父の気持ちがわからなくなる。女房を養う髪結いを地でやってきた義父。義父の場合、自分が働かなければ生活できなかっただろう。それでも義父は、義母に文句のひとつも言わず、理容師として黙々と働いてきた。女を憎んでもよさそうなのに、義母を悪く言うのを聞いたことがなかったし、従順な態度で義母をいつでも立ててきた。

「女をのさばらせてたら、この世は終わるからな」

「あの、お義父さんって世間の男性差別について……」

と言いかけたところで、予約のお客さんがやって来た。

「いらっしゃいませ」

隆司は笑顔で挨拶し、その話はそれで終わりとなった。

「わたし、これ大好き」

エビグラタンを見て、ともかが言う。今日の夕飯は、レンチン七分の冷凍エビグラタンと、レタスとトマトのサラダ、お湯を入れるだけのコーンスープだ。夕方からお客さんが立て込んで、かなり遅くなってしまった。

「わたしはあんまり好きじゃないなあ。焼き魚と味噌汁とか、そういうのが食べたい」

まひるだ。

「じゃあ、お姉ちゃんが作ればいいじゃん」

「やだよ、めんどい」

まひるはあれ以来、蓮くんの事件については一切口にしなくなった。隆司に話したときは、あまりの衝撃に誰かに聞いてもらいたかったのだろう。隆司も以来、その話題には触れないようにしている。

　三人で食事をしているときに、絵里が帰ってきた。

「あーっ、疲れたあ。今日は特に疲れたわ。お腹空いたあ。わたしのご飯は？」

「今、出すよ」

　隆司は席を立って、エビグラタンをレンチンして、コーンスープにお湯を注いだ。絵里は家事に関してうるさく言わないから助かっているが、はなから夫がやるものだと思っている。

　テレビにともかの好きな芸人が出て、ともかが大爆笑する。まひるが、なーんにもおもしろくないと言う。

「あ、そうだ。あの犯人、捕まったんだってね」

　明るい笑顔で、突然絵里が言った。

「犯人？　なんの話？」

　ともかがテレビから目を離して、絵里に向き合う。絵里はともかをやんわりと無視して、まひるに目をやりながら続けた。

「とにかく捕まってよかったわ。近くにそんな変質者がいるかと思うと、気が気じゃないもんね」

　声をかけられたまひるは母親の言葉をきれいにスルーして、素知らぬ顔でデザートの杏仁豆腐を猛然と食べはじめた。ともかが「変質者だってえ」と、一人おかしそうに笑っている。

「ねっ、パパ。捕まってよかったよね」

今度は隆司に振ってきた。そうだね、と隆司は答えた。まひるは顔をしかめ、スプーンを叩きつけるようにテーブルに置いた。

「それでも警察官？　他人事じゃん」

そうつぶやいて席を立つ。絵里は大仰に目を丸くして口をへの字にし、おどけたように「ハイハイ、思春期ね」と小さな声でつぶやいた。

絵里は、風に揺れる柳のような女だ。何事にもこだわらない。よく言えば鷹揚、悪く言えばテキトー。怒ることもまずないから、隆司や子どもたちとケンカになることもない。言い合いにもならない。母親の威厳というものがなく、家族の立ち位置としては、なんの実りも害もない、居候している遠い親類のおねえさんというのがいちばん近い。

今の話だって、被害者はまひると同じ中学校の生徒だと知っているのに、その点には踏み込まないし、触れようとしない。事なかれ主義と言ってしまえばそれまでだ。正義を売りにしている警察官という職業のわりに、隆司は絵里の正義を感じたことはない。

「ママ」

「ん？」

「まひる、中学生だし、女同士のほうが話しやすいこともあると思うんだ。いろいろと相談に乗ってやってよ」

隆司は言った。

「相談？　なにそれ？　まひるがわたしに相談事なんてあるかなあ」

絵里が首を傾げる。隆司はふと、絵里の家族に対する愛情はどのくらいだろうかと思った。万が一重大な事件が起こったとしても、仕方ないわね、で済ませそうな気がした。


実家の父が倒れたと埼玉の姉から電話があったのは、師走に入り、コンビニに行くのにもコートとマフラーが必要になってきた、つめたい風が吹く日の午後だった。これまで風邪ひとつ引いたことのない頑健な父だったので、隆司は驚いた。理容室ＳＵＭＩＤＡの大きな窓からは抜けるような青い空が見えていて、その広々とした美しさと、電話の内容とのギャップが不思議だった。

すぐに行け、と背中を押してくれたのは義父だ。隆司の予約のお客さんについては、義父がすべて連絡を取るから大丈夫だと請け合ってくれた。

隆司は車を飛ばして埼玉の病院へ急いだ。飛び込んだ病室のベッド脇で、母と姉が呆然と立っていた。

「お母さん、姉貴」

声をかけると、姉は隆司の顔を見て首を振った。間に合わなかったのだ。

父は近所のスーパーでパートとして働いていたこともあって、お通夜にはたくさんの弔問客が訪れてくれた。急性心筋梗塞。職場で倒れたらしかった。享年六十三。

隆司が最後に電話で話したのは、義父が手術をすることになったと実家に連絡したときだった。父は、隆司が義父の愚痴をいくらこぼしても、決して同調したり隆司の味方についたりすることはなく、お義父さんを助けてあげなさい、とそればかりを言っていた。婿に行ったんだから、澄田家のルールに従いなさいと。

義父も父の人柄をわかっていたのか、隆司の両親に対しては昔から好意的だった。やさしくて気が利いて、誰からも好かれる父だった。

母は、通夜、告別式と終始呆然としており、まるで頼りにならなかった。声も出さず涙すら見せずに、背中を丸めてただ座っていただけだ。段取りはほとんど姉が一人でつけた。

母が声をあげて泣き崩れたのは、火葬を終えて白いお骨になって戻ってきた父を見たときだった。お父さーん、やだよう、お父さーん、とこれまで聞いたこともないような声で、子どものように泣きじゃくった。隆司もたまらずもらい泣きしてしまった。このときの母の声は、ずっと忘れないだろう。

「お母さんには、近いうちに家に来てもらおうと思ってるわ」

葬儀のすべてが終わったあとで、姉が言った。

「お義兄さんはなんて？」

母の同居で負担が増えるのは義兄だ。姉は微妙に首を傾げて、しょうがないよね、とため息をついた。

姉は自動車部品関連会社で働いており、義兄は洋品店で販売員のパートだ。家事のほとんどは義兄が担っている。高校生の息子二人との四人家族。

「お母さん、今も嘱託として働いてるから、まあなんとかなるでしょ。一日中家にいるわけじゃないし、基本穏やかな人だし」

母と父は小さなアパートに二人暮らしだったが、母はバスタオルが仕舞ってある場所もわからないだろうし、洗濯機の使い方すら知らないだろう。すべて父がまめまめしく世話を焼いていた。

隆司と姉は、その小さなアパートで育った。住んでいるときは特に不自由を感じなかったが、今改めて見るとなんと狭かったのだろうと思う。姉は結婚を機にアパートを出て、母たちと同じ市内に家を建てた。

「幸い使っていない和室が一つあるし。夫もいずれは、って思ってたみたいだから」

「そっか、お義兄さんに感謝しなくちゃ。姉貴、どうもありがとう」

「でもまさか、お父さんが先に逝くとはね。あんなに元気だったのに。病気とは無縁のお父さんが死んじゃって、しょっちゅうあちこち悪くして、病院通いしてたお母さんが残されるなんて皮肉なものだよね」

本当に、と隆司は深々とうなずいた。

「なんか、今回のことがあって、女も家事を覚えなくちゃなあってつくづく思ったわ。

だって、わたしもお母さんのこと言えないもの。今回の喪服だって、一体どこにあるのかさっぱりわからなかったし」

姉はそう言って頭を振った。

「特にうちは男の子二人だから、お婿に行っちゃったら婦夫二人きりだもん。万が一のことも考えて、簡単でもいいから自分が食べるものぐらいは作れないとね」

そうだね、と隆司はうなずいた。

「あんたのところはどう？　隆司がぜんぶやってるんでしょ？」

「うん、まあね」

「絵里さん、警察官だから仕方ないか」

警察官＝忙しい＝家事をしなくていい、という発想だろう。

隆司は、自分が妻より先に死んだ場合のことをふと考えたが、絵里が困ることは特になさそうだった。食事が作れなかったら出来合いで済ませるだろうし、洗濯は乾燥まで洗濯機任せだろうし、掃除だってお掃除ロボットを手に入れれば済むことだ。家事に悩まされることなく、臨機応変にやっていくことだろう。多少さみしい気もしたが、母のように抜け殻になられるよりはいいのかもしれない。

母は分家で菩提寺がなかったので、急きょ寺をさがして墓を建てることになった。母は、自分の本家の宗派も知らなかった。慌てて伯父に連絡して日蓮宗だとわかり、葬儀社経由で、日蓮宗の寺の住職に通夜と告別式の読経をお願いしたのだった。自分の本家のことまで、父任せにしていたらしかった。

「女が残されると困ったもんだ」

家のことをなにひとつ把握していない母に、親類の男たちは呆れ顔だった。

「なあ、姉貴。幹也と宗也が婿に行ったら、守山姓ってなくなるの？」

幹也と宗也というのは、姉のところの息子たちの名前だ。

「うーん、仕方ないよね。どっちかが、姓を変えてもいいって言ってくれるお嫁さんや、嫁養子に来てくれるような彼女を連れて来てくれればいいけど、そんなこと強要できないしね」

今回の墓の建立については、かなり揉めた。息子たちが婿に行って向こうの家に入ったら、墓は姉婦夫の代で終わりとなる。実際その可能性のほうが大きいのに、墓を建てる必要があるのかと。

「本当に迷ったけど、とりあえずお父さんとお母さんの供養まではわたしがするって決めた。お母さんも手を合わせる場所がないと、張り合いがないだろうしね。子どもたちが婿に行ったら、それはそれでそのときに考えてもらうわ。負の遺産になりそうで申し訳ないけど」

隆司は墓のことなんてこれまで考えたこともなかったが、自分もそういう年頃になってきたのだとつくづく感じた。幸い、澄田のほうは長女である義母が家を継いだので、すでに墓はある。義母の両親が眠っている墓だ。

いずれはそこに、義母、義父が入り、絵里や自分が入るのか……、とそこまで考え、同じ墓に入るのは嫌だなあと漠然と思った。死んだあとの世界のことはわからないが、よその家に間借りするような感じがした。どちらかを選べるなら、実家の墓のほうが居心地よさそうだ。いっそ、樹木葬や海に散骨のほうが気は楽だ。

「死んだあとも苦労するのは男のほうか……」

思わずつぶやく。

「ん、なあに？」

姉に聞き返され、なんでもないと首を振る。

「でもさ、もしかしたらお父さんの思いやりなのかもね」

姉が言った。

「だってもしお父さんが要介護状態にでもなってたら、お母さん、それこそ無理だったよ。なーんにもできないんだから。負担が全部うちに来て共倒れだったかも」

姉は冗談みたいに笑ったが、想像すると恐ろしかった。隆司も息子として、しょっちゅう実家まで出向くことになっていただろう。

結局父は、家族の負担がいちばん少ないような死に方をしてくれたのだ。

「お父さん、どうもありがとう。天国でゆっくり休んでください」

父の遺影に手を合わせて隆司は何度も礼を言い、実家をあとにした。

年が明けた。喪中ということもあり、おせちの用意もせず初詣にも行かなかったが、そのせいか思いがけず穏やかでゆっくりとした正月となった。

姉家族と母の同居話はどんどん進み、隆司は引っ越しのあれこれを手伝った。荷物を片付けながら、程度のいい紙袋やリボンなどをきれいにまとめていた父に涙したり、隆司が小学生時代に作った工作品が出てきたりしてなかなか進まなかったが、忘れていたさまざまな思い出が蘇ってきて、それはそれで素敵な時間とも言えた。

「おれたちもそういう歳になっちゃったねえ。親が死ぬとか、介護とかさ」

休み明け、店に来たたっちゃんが言った瞬間、義父がバサッと雑誌を落とした。わざとなのか、たまたまなのかはわからない。

「その節は、お心遣いどうもありがとうね」

父の訃報を知り、たっちゃんはすぐに香典を持ってきてくれた。隆司は、香典袋に書かれた名前で、たっちゃんの妻さんの名前をはじめて知った。そういう自分も、香典袋には絵里の名前を書いた。自分が働いた金を父のために出したのに、当然のように妻の名前を書いてしまった。そういえば、お中元もお歳暮も年賀状も、すべて隆司が用意しているのに、名前は絵里だ。

「どう？　いい色になったんじゃない」

隆司は手鏡を持って、たっちゃんの後頭部を正面の鏡に映した。白髪染めが終わったところだ。

「うん、いいね。長さもちょうどいいし。サンキュ」

ケープを取って椅子を回し、たっちゃんが立ち上がる。そのタイミングで、床に落ちたたっちゃんの髪の毛を、義父がたっちゃんに向かってはきはじめた。たっちゃんはステップを踏むような足どりで毛をかわして、苦笑しながら店をあとにした。

「デリカシーのない、好かん男だ」

そう言って義父は、読んでいた新聞でソファーを叩いた。

一月末にPTA役員会があった。副会長の中林さんは来ないだろうと思っていたが、隆司が会議室に入ったときにはすでに着席していた。

五木会長、二年書記の水島さん、二年会計の井上さん、一年書記の池ヶ谷さん。全員がそろっている。

「すみません、お待たせしました」

時間ぴったりだったが、隆司がいちばん遅かった。では、はじめましょうか、と五木会長が口火を切り、中林さんが進めていった。

中林さんは以前と変わらない様子だったが、他のメンバーのほうが緊張しているのが見てとれた。中林さんに名指しされた水島さんや井上さんは挙動不審だったし、隆司自身、中林さんに意見を聞かれて思わず口ごもってしまう場面もあった。

池ヶ谷さんだけが相変わらず、細かい言い回しやレジュメの文章で気になるところを指摘してみんなを多少困惑させるという通常運転ぶりで、今日ばかりはそれが場を和ませてくれた。PTA役員会は三十分程度で終わり、解散となった。

「澄田さん、少しお時間ありますか？」

靴を履こうとしたところで声をかけられた。中林さんだ。

「お茶でもいかがですか」

「えっ、ああ、ええ、はい」

うわずった声でそう答えたとき、池ヶ谷さんがやって来た。

「池ヶ谷さんもご一緒にどうですか？　三人でお茶でも」

中林さんが誘うと、池ヶ谷さんは、いいですようなずき、そのまま三人で最寄りのファミレスに寄ることになった。

コーヒーを飲みながら、めずらしいメンツだと隆司は思った。中林さんと池ヶ谷さんはタイプや考え方が違うと感じていたし、PTA総会での男性のお茶いれについて、池ヶ谷さんが異議を唱えたことに中林さんは呆れていた。

「あっという間に年が明けたと思ったら、じきに立春ですね」

中林さんが言い、池ヶ谷さんが、本当に一年ってあっという間ですね、とうなずいた。

隆司は、立春っていつだっけ？　とカレンダーを思い浮かべる。

「池ヶ谷さん、来年度から復職されるそうですね」

「そうなんですよ。中林さん、よくご存じですね」

「息子に聞きました」

二人の会話にどきっとする。息子というのは蓮くんのことだ。蓮くんと、池ヶ谷さんの息子の俊太くんは同じクラスだ。

「池ヶ谷さんの復職って？」

と、隆司は聞いてみた。

「ええっと、その前にちょっといいですか？」

池ヶ谷さんが手を拝むような形にして、さえぎる。

「わたし、離婚したんですよ。旧姓に戻ったので、池ヶ谷じゃなく山田なんです」

「ええっ!?」

思わず頓狂な声が出た。

「そ、そうだったんですか」

「子どもたちは池ヶ谷姓のままです。親子で名字が違うのは少々面倒なのですが、旧姓に戻ることは譲れないところでしたので」

隆司はあやふやにうなずいた。親子で姓が異なってもいいのだと、はじめて知った。

「この春から教師として働きます。十七年ぶりですかね」

そういえば、以前のPTA役員会のとき、誰かが言っていたなと思い出した。

「先生ですか。池ヶ……じゃなかった、山田さんのイメージにぴったりですね」

隆司が名字を言い直すと、二人は笑った。

それからPTA活動について少し話し、担任の先生や部活動、高校受験の話題となり、三人で情報を共有した。中林さんは上の娘さんが三年生で受験真っ只中ということもあり、参考になる話をたくさんしてくれた。

「山田さん、澄田さん」

中林さんが改まって名前を呼ぶ。

「息子のことでは、いろいろとお騒がせしました。俊太くんとまひるちゃんは、蓮と同じ一年生ですので、今日はお詫びがてら誘わせて頂いたんです」

「お詫びだなんて、そんな……」

「そうですよ。中林さんが詫びる必要なんてまったくありません。蓮くんのこと、本当に胸を痛めています。あってはならない事件です。断じて許されることではありません」

山田さんの言葉に、隆司も大きくうなずいた。

「人生というのは、思いもよらないことが起こるものなんだとつくづく思いました。幸せな生活というのは、いつ崩れるかわからない積み木の上に立っているようなものなのだと」

中林さん、うまい表現をするなあと、不謹慎ながら隆司は思った。うますぎて違和感があるほどだ。もしかしたら、事前に用意してきた言葉なのかもしれない。

「いろいろ考えさせられました。世界が百八十度変わりました」

隆司は、なんと言葉をかけていいのかわからず黙っていた。

「この世は不条理です」

コーヒーをひとくち飲み、ソーサーに戻したところで山田さんが言った。その言葉を受け、中林さんがゆっくりとうなずく。

「……ええ、でもぼくは、不条理だけれど不公平だと思ったことはありませんでした。けれど、蓮のことで、ぼくたちが生きている世の中はずいぶんと不公平だったのだと気付きました。身に沁みました」

隆司は話の流れが読めず、「不公平っていうのは？」とたずねた。

「賃金格差、地域格差、教育格差、女男格差……たくさんありますけど、ぼくはこれまで、そういうのはぜんぶ当事者の責任だと思っていたんですよ。努力しなかったのは、その人のせいだし、そういう運命に生まれついたのなら、環境を変える力を持てばいいと……。でも蓮のことがあって、そんな考え方は間違っていたのではないかと思いはじめました」

山田さんはじっと耳を傾けている。

「たとえば、政治に文句があるなら、文句がある人が総理大臣になって好きなように変えればいいじゃないかと思っていました。総理大臣にもなれないくせに文句を言うのはおかしいと。きれいごとを並べ立てて、弱者や少数派の意見にばかり肩入れする人たちを敬遠していました。多数決こそが正しいという考えでした。蓮のような被害に遭った男性たちについても、すべては自己責任だと思っていました……」

途中、中林さんの声がかすれた瞬間があって、隆司はびびった。びびったけれど、それを気取られないようがんばって平静を装った。

「でも、そんなことはないんです。蓮は悪くない。悪くないのに、まるで蓮が罪を犯したかのような扱いを受けている……」

中林さんの目に光るものを見て、隆司は慌てて目をそらした。

「男というだけで、損をしていることの多さにようやく気付けました。虐げられていると言ってもいいかもしれません」

山田さんが相づちを打つ。

「わたしも今回の離婚のあれこれで、女男格差の多さに改めてうんざりさせられました。自分にできることは小さいですが、黙っていたらなにも変わらない。声を上げ続けなければ、なかったことにされてしまう。あっ、そうだ。今度、デモに参加するんです。男性解放運動を基本とした、フラワーデモです」

山田さんの言葉に中林さんが身を乗り出した。フラワーデモというのは、確か性暴力に抗議する運動のことだよなと隆司は思い、ここにまひるがいたら、さぞかし二人と話が合うだろうと想像した。

「それ、いつですか」

山田さんが、あとで詳細をＬＩＮＥしますね、とスマホを掲げる。

中林さんは蓮くんの事件以来、山田さん寄りになったってことか、と隆司は頭のなかを整理する。

「澄田さん、どうかしましたか？　ずいぶんしずかですね」

山田さんに笑顔でたずねられた。隆司は、二人の気持ちや方向性がよくわかったし、共感したいところもたくさんあった。けれど、どうやってこの話に入っていったらいいのかわからなかったし、なんの知識もない自分が軽い調子で賛同するのもどうかという思いもあり、身を縮めるようにして話を聞いていたのだった。

「あ、あの、おれ、デザート注文してもいいっすか？　なんか甘いものが食べたくって」

取りつくろうように隆司が言うと二人は一瞬きょとんとした顔をして、どうぞどうぞと同時に言い、それから互いに顔を見合わせて笑った。

「わたしも食べようかな」

山田さんが言い、中林さんが、ぼくも、とメニューを取った。結局、隆司がデラックスベリーパフェ、山田さんがコーヒーゼリー、中林さんがミニショコラパフェを注文した。

糖分を補給したせいか、だいぶ頭のなかがすっきりした。隆司は昨年末に父が亡くなり、一人ではなにもできない母が残されたことを話し、理容室の女性客にセクハラまがいのボディタッチをされたことを話した。山田さんと中林さんは、首がもげそうなほどうなずいて聞いてくれた。

「山本涼真事件ってあったじゃないですか」

中林さんが言う。その事件なら知っていた。一時期、ワイドショーで頻繁に取り上げられていた。

「少し前までのぼくは、涼真が嘘をついているんだと本気で思っていたんですよ」

「でも今は、そうは思ってないってことですよね」

山田さんの言葉に、中林さんは観念したようにゆっくりとうなずいた。

「誰にとっても身近な問題である女男差別をまずなくすことこそが、人間社会、文化発展に向けてのいちばんの近道であって、最大の効果だと、わたしは思っているんです。逆にいうと、女男差別をどうにかしない限り、この世の発展は見込めない。どろどろしたヘドロのような女性中心主義が、あらゆる社会活動を停滞させていると思うんです」

ここで山田さんは一度トンッ、とテーブルを打った。

「ほら、あの政治家のおばあさん、国会で男性を単細胞扱いして社会問題になって謝罪会見したけど、そこでまた『従順な男性が減ってきて、世も末だ』なんて言って、結局引退に追い込まれましたよね。引退会見でも、鋭い質問をした男性記者をチンカス呼ばわりして。ああいう女が日本を動かしてるんですから、それこそ世も末ですよ。『男はただの精子マシーン』と言った政治家もいましたね。あの女は若手男優へのセクハラ行為で裁判になりましたよね。マッチョな男を手下にして、男優を脅かして襲わせたんですよね。卑劣すぎる」

山田さん、ずいぶん興奮しているなあと、隆司はおもしろく思う。これまでのイメージとはだいぶ違う。

「こういう発言をすると、今度は男性を優遇しすぎているとか、逆に女性蔑視だとか言う人が出てくるんですけど、そもそものスタートラインが女男では違ってるって話なんですよ。女だらけの社会で少数の男が声をあげても、まともな話し合いすらできないんですよ」

唾を飛ばし気味に山田さんが言ったところで、中林さんが小さく笑い、

「まさに少し前までのぼくがそうでしたよ」

と、言った。

「男性の権利の擁護とか、男性蔑視とか、リベラルとか、本当にくだらないと思っていました」

隆司は、ふむふむと聞いていた。恥知らずな政治家たちは嫌いだが、遠い世界の話だと思っていたし、男性の権利についても、そりゃあ不公平だとは思うけれど、結局はそこ止まりだった。オバサンたちのあつかましさには辟易するけど、愚痴を言って終わり。次の日に持ち越さない程度の話題だった。

「あのね、ここだけの話ですけど」

山田さんが声をひそめる。

「……実はね、離婚のきっかけになったのは、妻の職場でのパワハラ、セクハラなんです」

「職場というと、学校ですか？」

　中林さんがたずねる。

「妻は男性新人教師をいびってたんです。ひどいことをしたというのに、まったく反省の色がない。女で年上ならば、なにをしてもいいと勘違いしてるんです。自分の妻がそんなことをしていたなんて、耐えられないですよ。人間失格じゃないですか」

　山田さんからしたら、とても耐えられることではないだろう。山田さんと山田さんの元妻さんはまったくタイプが異なるようだ。よその夫婦というのは、本当にわからないものだと、そんなことを隆司は思う。

「うちは結婚するときに、妻に『守ってあげる』って言われたんです。当時はそう言われてうれしかったんですが、こないだ、ふいにその言葉を思い出したら、なんか違うんじゃないかって思ったんです。男をすごくバカにした言葉だなあって」

　中林さんが自嘲気味に笑った。妻の暴露大会だ。

「大多数の女は、男をバカにしていると思います。そう言うと、バカになんてしていないと女性は言いますが、幼い頃から当たり前に女性の特権を享受しているから気が付かないんです。さっきも言いましたが、スタートラインがまるで違うんです。立法、行政、司法、医療、スポーツ、教育、文化、トップにいるのは女ばかりです。まずは、女と男の頭数を同じにしなければならない。女性には、女として生まれた瞬間から、どれだけ優遇されているのかを自覚するところからはじめてほしいものです」

いる。

確かにどこの世界も決定権を持つのは女ばかりだよなあと思う。理容室SUMIDAを実際に運営しているのは隆司だが、代表者は毎日パチンコ三昧の義母の名前になっている。

隆司は昔、手相占いをしてもらったときのことをふいに思い出す。

「あんた、女だったら天下取ってたよ！」

と占い師は言った。あのとき隆司は、まんざらでもない気持ちだった。おれも捨てたものじゃないなと、どこかうれしい気持ちがあった。

でも、その気持ちっておかしくないか？　なんで男の自分を否定されて、うれしかったんだ？　そもそも男だったら天下を取れないのか？　女にしか天下を取れないのか？　男が天下を取ったらいけないのか？

隆司は、ふうっ、と小さく息を吐き出した。女男差別というのは、自分の気持ちにまでフィルターをかけてしまうらしい。自分の気持ちは自分だけのものと思っていたが、そうではないのだ。それって、すごく恐ろしいことではないだろうか。

デラックスベリーパフェのグラスの底に残ったラズベリーが思った以上にすっぱくて、隆司は口をすぼめた。中林さんと山田さんのデザートを見ると、ほとんど減っていない。

「溶けますよ」

隆司が声をかけると、二人は慌ててスプーンを動かした。

「こないだ妻と少し言い争いをしたとき、男の存在意義なんてほとんどないに等しいと言われました。無駄な精子を放つだけのピエロだと。世の中の婦夫の子どもたちの、一体どれくらいが本当の自分の子どもだと思ってるの？　と……」

「どういう意味ですか？」

意味がわからずに、隆司は中林さんに聞き返した。

「子どもの父親は本当にあなたですか？　ってことです。女性は自分が産むから自分の子に違いないけれど、父親が誰かなんてわからないと」

ゾワッと鳥肌が立った。

「怖いこと言わないでくださいよう」

「うちの妻は医者なんですが、子どもと父親の血液型が一致しないケースがけっこうあるそうなんです。外見があまりにも異なるとかね」

まさか、まひるとともかが自分の子じゃないってことはないよな……、と一瞬不安がよぎる。

「でも、『産みの母より育ての父』って言いますしね」

そう言って微笑む中林さんと目が合い、あっ、と思った。中林さんの妻さんはもしかして、暗に子どもたちの父親が中林さんではないと言いたかったのだろうか……いやいや、まさか……。隆司は喉が詰まったようになって、水を一気に飲み干した。

「コーヒーおかわりしてきます」

席を立ったついでに、隆司は腰をぐるりと回した。ちょっとお茶でも、ということで来てみたが、なんだか頭がパンパンになってきた。指先で軽く頭皮マッサージを施す。

席に戻ったところで、入れ違いに山田さんと中林さんがドリンクバーへ向かう。

「コーラなんて飲むの、ひさしぶりですよ」

中林さんがコップを掲げた。おれはよく飲みますよと隆司が言うと、さすが三十代ですねえ、と返ってきた。その笑顔を見て、前とはずいぶん顔つきが変わったなと隆司は思った。角が取れて穏やかな表情になっている。

理容師をしていると、お客さんの顔の変化は手に取るようにわかる。それは太ったとか痩せたとか表面的なことではない。ほんの一ヶ月程度の間に、険しい顔つきになったり、柔和な顔になったりするのだ。そうしてお客さんと話しているうちに、実際になにかがあったことがわかる。妻さんとのケンカ、職場でのイジメ、子どもの不登校、新しい恋、高額の宝くじが当たったというのもあった。

中林さんは、きっと蓮くんのことで新しいステージに立ったのだろうと思った。蓮くんの事件は辛すぎたけれど、それを乗り越えて新しい場所を見つけたのだろうと。そこまで思い、これまでの中林さんの苦労と葛藤に胸が詰まる。

「そろそろ出ましょうか。ちょっとなんて言って、だいぶ長居してしまいましたね」

「有意義な時間でした。誘ってくださってありがとうございました」

「たのしかったです、勉強になりました」

隆司の言葉が締めとなり、店を出た。冷たい風がひゅーっと首元に入ってきて、思わず衿を合わせる。まだまだ寒いけれど日足は確実に長くなった。春は近い。

店のドアをコツコツと叩く音。ガラスドアの向こうに義母の姿があった。義父がドアに走り寄り、外に出る。隆司はお客さんの髪をカットしながら、ちらちらと様子をうかがった。義父がポケットから財布を出して、何枚かの札を義母に渡しているようだった。思わずため息がもれた。金の無心か。店先でやめてくれよ、と思う。

「では、シャンプーに入りますので、こちらにどうぞ」

なるべく義母たちの姿がお客さんの目に触れないようにして、シャンプー台に案内した。

「パチンコですか？」

お客さんが退けたタイミングで、隆司は義父にたずねた。義父はなにも言わない。

「店先はどうかと思いますよ。お客さんの目に入りますし」

嫌みっぽい言い方になってしまったが、本当のことだから仕方ない。

「……気を付けるよう言っておく」

「お義父さんって女性に厳しいときもありますけど、お義母さんに関しては寛容ですよね」

「婦夫なんだから当たり前だろ」

「こないだ、まひるの中学のパパさんたちと話したんですけど、婦夫間の役割分担で女男差別に気が付く人も多いみたいですよ」

　義父は隆司を見て、ふんっ、と口を曲げた。

「くだらない。どうでもいいわ、そんなもん。おれは、自分の欲しいものは自分が働いた金で買いたい。妻の稼ぎなんてあてにしない。それだけだ」

　そのわりに、隆司の売り上げに対して口うるさいではないか、と心のなかでひそかに反論する。

「お義母さんだけは特別ってわけですね」

「特別もなにもねえよ。婦夫になっちまったんだから、最後まで添い遂げなきゃしょうがねえだろ」

　そう言ったきり、義父はなにも言わなかった。

　隆司には義父の気持ちがなんとなくわかった。隆司も絵里に対して、まあしょうがないという部分が大きい。いちいち目くじらを立てて問題を拾い上げても、険悪になるだけだ。

　そう思い、こういう考えの人が多いから、女の意識がなかなか変わらないのかもな、と思った。最小単位の女男二人の婦夫。そこでも気を遣って相手をおもんぱかって、そしてあきらめるのは、男なのかもしれないと。

　けれど、と隆司は思う。それは、妻を愛しているからこそなのだろうと。

10

始業式。入口に貼られた模造紙。新しいクラス編成だ。

「やった！」

二年二組三番　池ヶ谷俊太
二年二組二十六番　中林蓮
俊太くんとまた同じクラスになれた！　めちゃくちゃうれしい。神さま、どうもありがとうございます！

——俊太くんと同じクラスにしてください！　もし同じクラスになれたら、思い切って告白しますから！

と、交換条件をつけて神さまにお願いしていた甲斐があった！　神さまにとってはなんの得にもならないし、ぼくにとっても得なのか損なのかわからない条件だけど。でも神さまは願いを叶えてくれた。約束は守らなければならない。

「一緒に帰ろうぜ」

俊太くんだ。

「今日は部活ナシ。昼飯食ったあと、遊ぶ？」

もちろん。ぼくは大きくうなずいた。

「じゃあ、あとで蓮の家に行くわ」

いきなりのチャンス到来だ。どんな結果になっても、ぼくは平気だ。だって、元々ぼくはなんでもなかった人間なんだから。こんなふうに俊太くんと仲良くなれたことだって、夢みたいなことなんだから。

あの事件のあと、もう一人のぼくはよく天井に行った。あのときは、天井のぼくのほうが本物で、地上にいるぼくのほうが偽者みたいだった。あの頃のことを思い出すと、人間って強いなあってつくづく思うんだ。辛い状態から脱出するために、ぼくはもう一人のぼくを作り出した。

心療内科には、もう行っていない。ぼくにとっては俊太くんの存在のほうが、心療内科の先生よりも大きかった。俊太くんはぼくに力をくれた。

告ったら、俊太くんはなんて言うだろう。俊太くんはきっと異性が好きだろうから、ドン引きするだろうな。ぼくのことを気持ち悪く思うだろうし、もう二度と遊んでくれないかもしれないし、口も利いてくれないかもしれない。

最悪のことは考え尽くした。辛いことを言われた場合のぼくの気持ちも、リアルに想像した。それはとてもきつい作業だったけれど、何度も何度もシミュレーションして、落ち込むところまで落ち込んだ。だから、もう大丈夫。ぼくは今日、告白する。

「話があるんだ」

俊太くんはゲーム機から顔を上げて、「なに？」とぼくを見た。さあ言え。気持ちを伝えろ、蓮。今だ、今しかない。

「ぼく……、俊太くんのことが好きなんだっ」

声が裏返ってしまったけど、つっかえないで言えた。

俊太くんは少しの間のあとで、

「それって、友達としてじゃなくて、恋ってこと？」

と聞いた。ぼくは、うん、とうなずいた。

「そうか、了解。どうもありがとう」

「え？」

「気持ちを伝えてくれたんだろ？」

「うん。あっ、そ、それで、もしよかったら付き合ってくれたらうれしいんだけど……」

俊太くんは少し考えるように目を動かしたあと、それはごめん、と言った。

「付き合うことはできないなあ。蓮のことは好きだけど、それは友達として好きってことだから、蓮の気持ちとは違うと思う。おれ、誰かに恋とかしたことがなくて、そういう気持ちがまだわからないんだよね」

ぼくは、「うん、わかったよ」と答えた。付き合えるなんて、百パー思っていなかったから、ぜんぜん大丈夫だ。

「でもおれさ、蓮の気持ちうすうす知ってたよ」

ぼくは驚いて俊太くんを見た。

「だって、ほらそこのスケッチブック」

「見たの⁉」

ごめんごめん、と俊太くんが笑う。スケッチブックは俊太くんで埋め尽くされている。自分で言うのもなんだけど、実物みたいに上手に描けている。

ぼくが黙っていると、

「人を好きになる気持ちってどんなの?」

と聞いてきた。

「えっと、その人のことを考えると胸がドキドキして苦しくなって、食事が喉を通らない感じがして……」

「ええ⁉　マジ?　それって病気じゃん」

「でも、そのときめきがたのしくて、その人のことを考えると自分が強くなったように感じられて、ものすごくうれしい気持ちになるんだ」

「へえ、恋ってすげえ!　それにしても、蓮って大人だよな。もう恋してるなんてさ」

その恋の相手が当の俊太くんだというのに、俊太くんが真面目な顔で言うので笑ってしまう。俊太くんのこういうとぼけた面を知って、ぼくはさらに俊太くんを好きになった。

「俊太くん、これまで通り、ぼくと友達でいてくれる?」

「は？　当たり前だろ。なんだよ、その質問」

「気持ち悪かったりしないかなって……」

「そういうこと言うのやめろよな。なんで気持ち悪く思うんだよ？　嫌いですって言われたら落ち込むけど、好きですって言われたらうれしいじゃん」

　あっけらかんと笑顔で言う俊太くんがまぶしくて、ぼくは胸がいっぱいになった。

「……よかった。俊太くんに嫌われたらどうしようかと思ってた」

「はあ？　なんでそういう思考になるわけ？　だっておれの状況はなにも変わらないじゃん。昨日だっておとといだって、蓮はおれのことを好きって思ってくれてたわけでしょ？」

　うん、とぼくはうなずいた。昨日もおとといも、もっとずっと前から好きだ。

「だったら、昨日も今日も変わらないじゃん。蓮が言ったか言わないかの差だけだし、それにおれ知ってたし。ぶはははは」

　そう言って俊太くんは笑った。ぼくも笑った。笑いすぎて涙が出た。ぼくは目尻を拭いながら、俊太くんは最強だと思った。

　ぼくの気持ちは変わらない。変わらないどころか、どんどん俊太くんを好きになる。いつかぼくの気持ちが満杯になってあふれ出て、たとえ宙ぶらりんになったとしても、ぼくは大丈夫。最悪なことを乗り越えられたぼくなんだから、絶対大丈夫なんだ。

【澄田まひる】

「ねえ、お母さん。これ、ちゃんと読んだ？」

女男の権利について書かれた、保護者向けのアンケート。

「読んだよー」

スマホを見ながら母が答える。

「だって、ぜんぶ『どちらでもない』に○してあるじゃん」

「うん、そう思ったから」

うそばっかり、とまひるは思う。アンケートは「そう思う」「どちらでもない」「そう思わない」の三択だ。母はろくに読みもしないで、すべて『どちらでもない』に○をつけた。

・女男は平等だと思いますか？

・家庭内で、女男の役割があると思いますか？

・男性は女性に比べて、不利な面があると思いますか？

・家事や育児は男性が担ったほうがいいと思いますか？

・ジェンダーについて、家庭で話し合うことは必要だと思いますか？

というような質問が並んでいる。

『女男は平等だと思いますか？』って質問だけど、お母さんは、本当に『どちらでもない』って思ってるの？」

てか、「どちらでもない」ってなんなの？　と思う。こんな三択にするから、答える側も真剣にやらなくなるのではないか。作る側も、もっとちゃんと作れ。

「平等だと思ってるわよ」

「お母さんの部署、紳士警官、何人いるのよ。女男比教えて」

「ええっと、わたしのところは女が十四人で男が三人かな」

「ほら！　ぜんぜん平等じゃないじゃない！」

「平等って、人数じゃないでしょ？」

「人数だよ！　まずは人数をそろえるのが最初の平等じゃん！」

「あら、おもしろいこと言うのね」

そう言って、あははと笑う。なにもおかしくない。

「わたしたちはみんな、紳士警官に敬意を持って接してるわよ」

「敬意って？」

「男だからって見下したりしないってこと。お茶くみなんてさせないし」

思わず絶句する。

「……ねえ、お母さん、それが平等だって本気で思ってるの？」

「えー、なあに？」

「ちょっとスマホやめてよ。真剣な話してるんだけど！」

はいはいと言って、母が顔を上げる。

「男を見下さないとか、お茶くみさせないとか、そんなこと言うこと自体、男性蔑視なんだよ」

「あら、そうなの」

「そうだよ！　だって、そんなこと女に対しては言わないでしょ！」

「まあ、そうだけど」

「お母さんの上司で、男性っているの？」

「それはいないわね」

「ほら！　平等じゃないじゃん」

「警察は昔から女の世界なんだから仕方ないじゃない。男が上に立ったって、統制とれないし」

まひるは聞こえよがしに、大きなため息をついた。

「あとさ、たとえば名字のこと。お母さんは結婚したあとも昔と同じ『澄田』なのに、お父さんは『守山』から『澄田』に変えたんでしょ？　それだって平等じゃないじゃない」

「パパがいいって言ったんだから、いいじゃない。パパの希望よ」

「今までの慣例に流されただけじゃん」

「流されるほうが悪いのよ」

「じゃあ、お父さんが名字を変えたくないって言ったらどうしてた？　お母さんが変えた？」

　母はここで大笑いした。なぜ笑うのかわからない。

「変えるわけないでしょ」

「ねえ、じゃあ、お父さんが、名字を変えてくれなきゃ結婚しないって言ったらどうしてた？」

「うーん、だったら結婚しないかなあ」

「うそでしょ、マジで？」

「だってわたしが長女だし、兄は婿に出たから、澄田姓がなくなっちゃうじゃない」

「そんなの、男だって同じじゃん。お父さんはたまたま伯母（おば）さんがいたから旧姓が生きてるけど、男兄弟だったら名字なくなってたってことでしょ」

「それは仕方ないよねえ」

「男は女の所有物ってわけ？」

「まひるはすぐにそうやって、むずかしく考えるんだから」

　むずかしく考えてなんていない。少し考えればわかることだ。思考停止も甚だしい。

「わたしは結婚しても夫婦別姓を選択するつもり。っていうか、お母さんと話してたら、なんだか夫の姓にしたくなってきた。わたし、澄田なんて継がないからね！」

「うちはともかくもいるし、お好きにどうぞ。まひるってさ、女のくせに男の味方なんだよね。不思議だわ。育て方間違えたかしら」

「なにそれ！　どっちの味方もないでしょ！　平等じゃないって言ってんの！　それに、女のくせに、って言い方やめてよ！　時代に合ってないのはお母さんのほうだよ！」

「はいはい、それは悪うございました」

　ムカつく。

「アンケート書き直してよ」

「えー、いいわよ、それで」

「よくない。だってうそ書いてるじゃん」

「だったらまひるが書き直しといてよ」

　もうっ！　と言ってまひるは机を叩いた。母が大げさに目を丸くしておどけたふりをする。

「はーっ、それにしてもお腹空いたわね。パパまだかしら」

　それまで夢中でテレビを見ていたともかが、母の言葉に反応して、お腹空いたー、と声をあげる。

「お父さんはまだ仕事中だよ。たまにはお母さんが作ればいいじゃん」

　まひるが言うと、母は「これでお弁当でも買ってきてちょうだい」と財布からお金を取り出した。

「お母さんが行ってきてよ。わたし宿題があるんだから」

「いやよ、一家の主が買い物してるなんて、近所の人に見られたら恥ずかしいじゃない。このあたりはまだ田舎だし。そうでなくても、うちは婿舅問題で揉めてるって、ご近所で有名なんだから」

舅っていうのは、お母さんのお父さんのことではないか。自分でなんとかしようという気はないのだろうか。

「……まじムカつく」

まひるは自分の部屋へ向かって、どすどすと歩いた。ドアを閉める前に「やーねー、まひる姉ちゃん、反抗期だねー」と、ともかに向かって言う、のほほんとした母の声が聞こえた。力任せにドアを閉めた。

二年二組になって、中林蓮と同じクラスになった。蓮はおとなしいタイプであまり話したことはないけれど、勉強ができて絵がうまい。こないだまひるの好きな漫画のキャラクターを描いてと頼んだら、ものの五分でめっちゃクオリティの高いイラストを描いてくれた。

そんな蓮が、とんでもない事件に巻き込まれたということが、まひるにはいまだに信じられない。あまりにひどい事件で、想像すると過呼吸みたいになって鼓動が速くなってしまう。

蓮のことをコソコソと噂したりからかったりする女子が、クラスにまだ何人かいる。見つけたらその場で注意するようにしているが、嘲るようにかぶせてくるので始末に負えない。

けれど、池ヶ谷俊太の存在には大いに助けられている。俊太は女子に人気がある。俊太と蓮は仲がいいから、自然と俊太が蓮を守るような形になっていて、それだけで安心できる。二人が仲良くしているのを見るとうれしくなる。

「今日の日直は誰？」

担任が朝からキンキン声を出す。まひるはこの女性教師が好きではない。ザ・体育会系で、常に大きな声でしゃべる。

日直の男子が手を挙げると、

「男なんだから、カーテンぐらいちゃんと開けなさいよ。そんなんじゃ、お婿にいけないわよ！」

と、怒鳴るように言った。何人かの女子がクスクスと笑う。

「先生！」

まひるは手を挙げた。

「今の男性蔑視発言です。訂正してください」

「あー、澄田さんかあ……」

「男なんだから、って言葉おかしいです。訂正してください」

「おれもおかしいと思いまーす」

俊太だ。何人かの男子が同調してうなずく。

「はー、そりゃあすみませんでしたね。これでいいかしらん？」

冗談みたいに言えば、冗談になるとでも思っているのだろうか。ここでもまた何人かの女子が笑った。

「笑った人も同罪です」

まひるの言葉に、一部の女子が顔を見合わせる。

「オンナオトコ」

誰かのつぶやきが聞こえた。

「今の誰ですか。女性にも男性にも失礼です。撤回してください」

ここで怒ったら同類だと思って、怒りを抑えて冷静に言った。結局、オンナオトコと言った女子は名乗り出なかった。

まひるはつい先日、長かった髪をバッサリ切ったのだった。

「こういう髪型にしたいの」

と、好きな芸能人の画像を父に見せた。ショートヘアがとってもかわいいアイドルだ。髪はずっと父に切ってもらっている。

「このぐらいでいいんじゃないの。かなり切ったよ」

あごのラインで切りそろえたところで父が言った。

「もっとだってば。耳を出したいの。この画像だよ、ちゃんと見た？」

「見たけどさ。だってこれはずいぶん短いじゃない。男子は、短いの好きじゃないんじゃないの？　こんなに切ったら、それこそ男の子みたいになっちゃうよ」

カチンときた。

「なんで男子の好みに合わせるのよ！　それに男の子みたいってどういう意味？　どうしてここで男が出てくるのよ！　わたしは自分が好きな髪型にしたいだけ！」

父はごめんごめんと言って結局切ってくれたけど、ムキになったまひるは、もっと切って、もっともっと、と注文をつけ、思った以上に短くなってしまったのだった。

オンナオトコと言われたのは、この髪型のせいもあるだろう。澄田まひるは面倒くさい。そんな噂をよく耳にする。仲のいい友達は、もう少し抑えたほうがいいんじゃないかと忠告してくれる。フンッ、無自覚な女子たちと一緒にしないでほしいと、まひるは鼻息荒く思う。

自分でも、なんでこんなに頭にくるのかわからない。でも、自分が男より上だと思っている同性を見ると無性に腹立たしくなるし、反対に女に守ってもらえる男という立場に甘んじている異性を見ても猛烈に頭にくる。

小さい頃から女男を差別する気持ち悪い空気は、そこらじゅうにあった。保育園のトイレのスリッパは女の子はブルー、男の子はピンク。女の子らしく活発に、男の子らしく従順に。まひるが好きだった女の先生は、女性のくせに保育士なんてと、たくさんの保育園を落ちたらしかった。

　昔読んだ絵本にも影響を受けた。女男同権団体が制作した本で、母が職場でもらってきた冊子のような薄い絵本だった。社会での男性差別の例がいくつも描かれていた。大学入試で、男子が減点され女子が加点されているといった事例には驚いた。まひるは、まっこうから勝負がしたかった。インチキの土台の上で男に勝ったって、なにもうれしくないし、なんの意味もないではないか。

　あの冊子絵本は、母も読んだはずだ。ひどい話だねえと言いながら、実際にはまったく身についていないことが今ならわかる。ただの世間一般の知識として読んだだけだろう。

「おれたち、気が合いそうだな」

　ホームルームが終わったあと、俊太に声をかけられた。まひるはうなずいて、

「わたし、生徒会に立候補しようと思う」

　と宣言した。二年生で立候補する生徒は聞いたことないけれど、違反ではない。まひるは男子生徒たちの意識を高めたかった。そして三年になったら、ぜひとも男子に会長になってもらいたいという野望がある。

「いいね、応援する」

　俊太が言い、近くにいた蓮もうなずいた。

「澄田みたいなのが、総理大臣になってくれたらいいのにな」

「は？　なに言ってんの？　わたしは政治家になんて絶対ならないし、そもそも男がならなきゃ意味ないでしょ！　あんたたちがやりなさいよ！」

ぴしゃりと言うと、俊太と蓮は顔を見合わせて困ったように笑った。彼らみたいな男たちが国を動かしてくれたら、世界は変わるのに。まひるは本気で思った。

エピローグ

原杉中学校女子テニス部の活動が終わったのは、午後五時三十分だった。

「じゃあ、また明日ね」

部長の亜矢先輩が言い、ありがとうございましたあ、と二年生全員で声をそろえておじぎをし、テニスコートを出た。

新学期。日は徐々に長くなっている。希来里は、同級生部員たちと帰路についた。新一年生の入部は来週以降なので、今は二、三年生だけで気楽に活動している。三年の先輩とも仲が良くて、とても居心地のいい部活だ。

先週の他校との練習試合では、テニス部全員が見事に負けた。ダブルスも全滅だった。あまりのへっぽこぶりに、悔しさよりもおもしろさが勝ってみんなで大笑いした。

「あー、お腹空いたあ！」

「今、めっちゃ、たこ焼き食べたい！」

「わたし、ショートケーキの一気食い！　こうやって持って、口にこう押し込むの」

「なにそれえ！　わたしはポテチのピザポテトを流し込みたい。あー、お腹減った」

みんなで食べたいものを話しながら、あっちにぶつかりこっちにぶつかりしながら、お腹が空いたというわりに、のろのろと歩いた。

「あっ、確かうちにピザポテトあった」

学校からいちばん近い家に住んでいる紗那が言った。

「食べたいっ！」

声がそろう。

「ちょっと寄って行く？」

「寄ってくー！」

五人の仲間が手をあげた。原杉中学校女子テニス部員二年生の五人は、紗那の家にお邪魔することになった。希来里が紗那の家に行くのは、今回で二度目だ。紗那の部屋はとてもかわいくて、希来里はひそかに憧れている。机もタンスもドレッサーも白色のアンティーク調でそろえてあって、置いてある雑貨もかわいいものばかりだ。

「お邪魔しまーす！」

紗那がただいま、というより先に、みんなで一斉に挨拶をした。おもしろくておかしくて、玄関先で爆笑となる。

「あらあら、こんなに大勢でどうしたの」

紗那のお母さんが出てきて、目を丸くする。

「ピザポテト食べにきましたー」

由真が大きな声で言い、またみんなで爆笑した。六畳の部屋に六人。肩が当たる距離でゲラゲラ笑いながら、ピザポテトを食べた。ピザポテトは瞬く間になくなって、どんだけ腹減りよー、と言いながら、またみんなで笑った。そのあと、紗那のお母さんがジュースとクッキーを出してくれた。

時計の針が六時四十分を指したところで、みんなで紗那の家をあとにした。外はもう暗い。

「バイバーイ、また明日ね」

「うん、じゃあね」

分かれ道で手を振る。希来里の家は、五人のなかでいちばん遠い。

「バイバイ、希来里」

「まひる、バイバーイ」

四月とはいえ、日の入りあとはまだ寒い。一人になったとたんに風がつめたくなったような気がして、希来里は首をすくませて家路を急いだ。今日の夕飯はなんだろう。ハンバーグかから揚げがいいな。最近お腹が空いてしょうがない。ダイエットしたいけど、おいしいものの誘惑には勝てない。

角を曲がったとき、パーカーのフードをかぶった男が立っているのに気が付いた。この辺りは住宅街だけれど、街灯がほとんどなくて道が暗い。希来里が男を追い越したとたん、背後で男が歩き出す気配がした。嫌だなあと思いながら、気付かれない程度の早足を試みた。

他には誰もいない。遠くの大通りから車が走る音が聞こえる。早く家に帰りたい。希来里は足を速めた。すると、うしろの足音も速くなった。うそでしょ。やだ。怖い。気持ち悪い。希来里は全速力で走り出した。うしろの足音も走り出す。怖い。なに。やだ。怖い。

突然、背中にものすごい衝撃があった。気付いたときにはアスファルトに倒れていた。アスファルトのひんやりとした冷たさとこすれたときの痛さで、右頰が燃えるように熱い。なにが起こったのかわからない。起き上がろうとしたら、腕をつかまれ引っ張られた。パーカーの男だった。引きずられるようにして、小さな公園に連れて行かれる。

「……やだ、ちょ、ちょっと、やめてくださいっ」

足を突っ張って声を出した瞬間、頰を張られた。口のなかが切れたのか、鉄の味がした。

「わああああ！」

そのとき、公園の入口で誰かが叫んだ。

「誰かっ！　誰か来てくださいっ！　女の子が襲われてます！　大変ですっ！　誰かあ！　助けてください！　事件ですっ、早く助けて！」

大きな声。誰かがこの状況に気付いてくれたのだ。

「今、警察に電話しました！　誰か来てくださいっ！　助けて！」

男の手が緩んだ。その隙に希来里は男の手をふりほどいた。

「誰かっ！　誰か来てください！　助けてくださいっ！　誰かあ！」

大声を出しているのは男の子だった。

(助けて！)

希来里は男の子に向かってかけ出し、声にならない声をあげた。

「誰か来てっ！　助けてください！　早くっ！　誰か！」

男の子が叫び続ける。

「くそっ、待てコラ！」

男が追って来た。

「誰かあ！　誰か来てください！　女の子が襲われてます！　助けて！」

「クソガキ、黙れっ！　殺すぞ！」

男が近づいてきたところで、「どうした！」という声がした。

「なんだ！　どうしたんだ!?　なにがあった！」

大人の男の人が血相を変えて走って来た。

「おまわりさん、こっちです！」

男の子が、おじさんを見て声を張る。フードをかぶった男はチッと舌打ちをしてきびすを返し、そのまま走って逃げ去った。

「大丈夫かっ」

息を切らしてやって来たおじさんが、希来里と男の子を見る。希来里は力が抜けて、その場に膝を突いた。

「叫び声がしたから、何事かと思って飛んで来たんだ」

「ありがとうございます。ぼく、さっき110番したので、すぐに警察が来ると思います」

男の子がはきはきと答える。見たことのある顔だった。原杉中の同級生だ。クラスが違うし小学校も違ったから話したことはなかったけれど、この男子の顔は知っている。

パトカーのサイレンが聞こえた。警察官が何人か来て、無線みたいなものを慌ただしく操作する。警察の人に話を聞かれたけれど、希来里はうまくしゃべることができなかった。殴られた口が痛かったし、頭が混乱して声をうまく出すことができなかった。

「ぼく、彼女と同じ中学の中林蓮といいます。塾に行くところでした。彼女がフードをかぶった男に引っ張られるところから見ていました。必要なことは、ぼくが話せると思います」

そう前置きして、中林くんが話し出した。中林くんの話す内容は正確だった。

「わたしは、向こうの通りを歩いていたんですけど、彼の叫び声を聞いて飛んで来たんです。田島といいます。明知小学校で学童指導員をやっていて、その帰りでした」

救急車の到着と同時に、お母さんがやって来た。お母さんには、さっき警察の人が連絡をしてくれた。お母さんはエプロンをつけたままだった。

「希来里っ！」

お母さんに抱きつかれ、こんなふうにされるの、小学生以来でちょっと恥ずかしいなと頭の片隅で思った。

殺されると思ったこと、ものすごく怖かったこと。自分の気持ちをなんとか口に出したところで、つ、と涙が出てきた。怖かった。本当に怖かった。

お母さんは、中林くんと田島さんに何度もお礼を言った。この人たちのおかげで助かったのだ。田島さんは「お礼なんてとんでもない。当然のことをしたまでです。同じ男として申し訳ないです」と、逆に頭を下げた。

希来里が中林くんに「ありがとう」と伝えると、中林くんは小さく首を振って、何事もなくてよかった、と小さく息を吐き出した。これまで気付かなかったけれど、中林くんの左まぶたの下には傷があった。

二人は命の恩人だ。中林くんが見て見ぬ振りをして声をあげてくれなかったら逃げることはできなかったし、田島さんが中林くんの声を聞き逃していたら、事態は最悪の方向に進んでいたかもしれない。中林くんが声をあげ、田島さんがかけつけてくれたから、希来里は助かったのだ。

世の中、捨てたものじゃないと思った。卑劣な男に襲われたけれど、心ある男性二人に助けられた。

犯人は、その日のうちに捕まった。

たった一人のみんなの意識がほんの少しずつ変われば、世界は大きく変わる。
隣り合った世界線に、わたしたちはいつでも飛び移れる。

解説　何も考えなくても、何も怖がらなくても

武田砂鉄（ライター）

今日も快適に過ごせた。それなりの満員電車に乗って出かけたけれど、背が高いのでゆっくり空気が吸える。打ち合わせしたのは会うのが初めての人たちで、あちらは3人も横並びでビビったが、値踏みされることなく終えられた。すっかり夜遅くなってしまった。最寄り駅から数分も歩くと真っ暗になるのだが、イヤホンでラジオを聴きながら家まで帰る。ポストに郵便物が溜まっているはず。住んでいるマンションの郵便ポストは半個室のような形状をしており、人がいる時に入ると、その人が出られなくなってしまうので、目視してから入る。かがんでポストを開けている女性が見えたので、少し離れたところで待つ。女性は薄明かりの下に立つ中年男性に気づいたが、目を合わさず、素早く立ち去っていく。会釈くらいしてくれてもいいのではないかと思いつつ、少しもコミュニケーションを発生させたくない気持ちもわかる。隣近所に誰が住んでいるかわからない社会になってしまいました、なんていう嘆きはもっともだが、嘆きを解消するためにわざわざ動くのって、簡単ではない。こうして今日も快適な一日が終わる。

ある男子中学校でジェンダーについての講演をしてほしいとの依頼を受け、1時間く

らい話した後、質疑応答の時間を設けると「いつもの質問」が出た。この手のテーマで話す機会の多い人から「いつも出る質問があるんだよね」と聞かされていた質問だ。それは、「どうして女性専用車両があって、男性専用車両はないんですか。痴漢冤罪も問題ですよね」というもの。教室の後ろのほうに座り、壇上からも「自分、ちゃんと聞くつもりないんで」というスタンスが確認できる態度を隠さなかった彼からの質問に答える。

「もちろん、痴漢冤罪は問題ですが、痴漢が無くなれば痴漢冤罪も無くなります。痴漢被害を申し出た人はわずか1割とも言われています。つまり、数値には表れない痴漢行為が繰り返されていると考えられます。痴漢被害にあう男性もいますが、圧倒的に女性が被害にあっている以上、安全確保のため、女性専用車両は必要です。ですので、男性専用車両も、ではなく、なぜ女性専用車両が必要とされたのか、どうすれば痴漢被害を無くすことができるかを考えたらいいのではないでしょうか」

こう答えると、煮え切らない顔を保っていたものの、さらに付け加えることはせず、引き下がった。男性が優位な社会、快適に暮らせる社会、リスクが少ない社会で暮らしている。男性がその自覚を持った後で、不平等を是正しようとするのか、こっそり温存するためにも「男もつらい」方面に舵を切るのか、どちらを選ぶのか、問われ続けている。

「男は家庭をいちばんに考えろと母は言う。由布子さんの言うことをよく聞いて、由布子さんが気持ちよく外で働けるためにサポートしなさい」
「子連れで出席した男性議員に向かって、『赤ん坊がかわいそうだから、議員をやめて家にいろ』『三つ子の魂百までよ』『国会は保育所じゃないわよ』などとヤジが飛んだ」
「ほら、医学部の不正入試の件。女男差別だっていうけど、女と男は違う生き物なんだから仕方ないんだよ。女のほうが基礎学力が高いんだから、人数が多いのは当たり前なの」

この『ミラーワールド』では、男女の役割が反転した社会が描かれる。男女をシンプルに反転させるだけで、滑稽だし、切実だし、問題の根深さが見えてくる。立場の弱い男たちは何度も理不尽な目にあう。立場が約束されている女たちは、その理不尽を是正するふりをしながら、でも、これはもう、そういうことになっているんだし、ずっとこの感じできたのだから、あれこれ主張するんじゃなくて、黙ってやることやっててよと強いてくる。

男はあちこちで見下されている。何をしても褒められない。日々の生活を維持する上でいくつもハードルが設けられているのに、そのハードルを飄々と飛び越えるのが前提になっている。輝いている男性もいる。書店に行けば、「男流作家コーナー」がある。「作家」と「男流作家」に分かれているのだろうか。紳士科医院の看板には「忙しい男性のために、土日も開院しています」と書かれている。気を遣われている。女性は忙しく働いているけれど、最近は男性だって忙しくしている。育児だって、家事だって、立派な労働であって、少しは認めてあげようよ。女男平等社会がやってくる日は来るのだろうか。女男平等社会とか言うけど、女もしんどいし、最近、なんか男ばかりが優遇されているよね、なんて声があがるのだろうか。

「男の敵は男、その背景にあるのは女社会に他ならない。無意識のうちに女に気に入られようとする行動が、男の敵を作ってしまうのではないだろうか」

こんな一文に、頭がちょっと混乱する。男の敵が男なのは女が牛耳っている社会だから、ってどういうことだ。気に入られるって具体的にはなんだ。反転した社会の中でのセリフをもう一回反転させて、元に戻してみる。つまり、これを読んでいる私たちの社会に戻してみる。

「女の敵は女、その背景にあるのは男社会に他ならない。無意識のうちに男に気に入られようとする行動が、女の敵を作ってしまうのではないだろうか」

うわ、よく聞くやつだ。スムーズに意味が頭に入ってくる。この問いに、頷くにしても頷かないにしても、こういう論理展開自体に慣れている。この解説原稿を書く少し前、ガールズバーを経営していた女性が男性ストーカーに殺されてしまう事件が起きた。男性が自分の車やバイクを売って、女性にお金を渡していた経緯が明らかになると、女性に対するバッシングが始まった。「殺されても文句言えない」などと書かれたSNSの投稿に、1万を超える「いいね！」ボタンが押されていた。女性も悪かったのではないかと軽々しく詮索する姿勢をばらまくことで、この社会の優位性が温存される。

女男差別が横行する『ミラーワールド』では、女が男に命令して中高生男子を襲わせる事件が多発していた。

「ワイドショーの報道なんかでさ、男が襲われるのは、女を刺激するような恰好をしているから悪いとか、男に隙があったんじゃないかとか、男のほうが誘ったんじゃないかとか言う、頭のおかしいババアたちがいるじゃん？　おれ、ああいうのほんとにムカつく。問題をすり替えるんじゃねえ！　って声を大にして言いたい」

今、そこにある優位な状態を保とうとする人は、優位性が崩れそうになるのを発見すると、向かってくる相手を指差しながら雑に牽制する。そして、「どっちもどっち」を作ろうとする。それさえ作って、議論しているかのような様子を見せるだけで、これまでの優位性が保たれると知っている。

混乱しながら本書を読み始める。反転した社会に違和感を覚える。やがて、違和感に慣れてくる。ここでは男性の感情がないがしろにされている。社会の仕組みだけではなく、自分はこう感じた、こう思っている、こうしてほしいという感情が軽んじられている。生活をまわすために男性たちは黙らされる。生活って、感情を消さないとまわせないようなのだ。

小説を閉じると、世界は元に戻る。読み終えた自分が、今日も快適に過ごせそうなのはなぜなのか。あるいは、何も考えなくても、何も怖がらなくても暮らせてしまうのはなぜか、ここから考えないといけない。

本書は、二〇二一年七月に小社より刊行された
単行本を加筆修正のうえ、文庫化したものです。

ミラーワールド

椰月美智子

令和6年 7月25日　初版発行

発行者●山下直久

発行●株式会社KADOKAWA
〒102-8177　東京都千代田区富士見2-13-3
電話　0570-002-301（ナビダイヤル）

角川文庫 24234

印刷所●株式会社暁印刷
製本所●本間製本株式会社

表紙画●和田三造

●お問い合わせ
https://www.kadokawa.co.jp/（「お問い合わせ」へお進みください）
※内容によっては、お答えできない場合があります。
※サポートは日本国内のみとさせていただきます。
※Japanese text only

ISBN 978-4-04-114858-7　C0193

◇◇◇

角川文庫発刊に際して

角川源義

第二次世界大戦の敗北は、軍事力の敗北であった以上に、私たちの若い文化力の敗退であった。私たちの文化が戦争に対して如何に無力であり、単なるあだ花に過ぎなかったかを、私たちは身を以て体験し痛感した。西洋近代文化の摂取にとって、明治以後八十年の歳月は決して短かすぎたとは言えない。にもかかわらず、近代文化の伝統を確立し、自由な批判と柔軟な良識に富む文化層として自らを形成することに私たちは失敗して来た。そしてこれは、各層への文化の普及滲透を任務とする出版人の責任でもあった。

一九四五年以来、私たちは再び振出しに戻り、第一歩から踏み出すことを余儀なくされた。これは大きな不幸ではあるが、反面、これまでの混沌・未熟・歪曲の中にあった我が国の文化に秩序と確たる基礎を齎らすためには絶好の機会でもある。角川書店は、このような祖国の文化的危機にあたり、微力をも顧みず再建の礎石たるべき抱負と決意とをもって出発したが、ここに創立以来の念願を果すべく角川文庫を発刊する。これまで刊行されたあらゆる全集叢書文庫類の長所と短所とを検討し、古今東西の不朽の典籍を、良心的編集のもとに、廉価に、そして書架にふさわしい美本として、多くのひとびとに提供しようとする。しかし私たちは徒らに百科全書的な知識のジレッタントを作ることを目的とせず、あくまで祖国の文化に秩序と再建への道を示し、この文庫を角川書店の栄ある事業として、今後永久に継続発展せしめ、学芸と教養との殿堂として大成せんことを期したい。多くの読書子の愛情ある忠言と支持とによって、この希望と抱負とを完遂せしめられんことを願う。

一九四九年五月三日

角川文庫ベストセラー

本をめぐる物語 小説よ、永遠に

神永 学、加藤千恵、島本理生、椰月美智子、海猫沢めろん、佐藤友哉、千早 茜、藤谷 治 編／ダ・ヴィンチ編集部

人気シリーズ「心霊探偵八雲」の中学時代のエピソード「真夜中の図書館」、物語が禁止された国に生まれた子どもたちの冒険「青と赤の物語」など小説が愛おしくなる8編を収録。旬の作家による本のアンソロジー。

薫風ただなか

あさのあつこ

江戸時代後期、十五万石を超える富裕な石久藩。鳥羽新吾は上士の息子でありながら、藩学から庶民も通う郷校「薫風館」に転学し、仲間たちと切磋琢磨しつつ勉学に励んでいた。そこに、藩主暗殺が絡んだ陰謀が。

緋色の稜線

あさのあつこ

行きずりの女を殺してしまった吉行は、車で逃げる山中で不思議な少年と幼女に出会う。成り行きから途中まで車に乗せてやることにするが……過去の記憶が苛む、サスペンス・ミステリ。

藤色の記憶

あさのあつこ

心中間際に心変わりをした恋人によって、土の中に埋められてしまった優枝。掘り起こし救い出してくれたのは白兎と名乗る不思議な少年だった。大人の女のサスペンス・ミステリ！

藍の夜明け

あさのあつこ

高校生の爾（みつる）は、怖ろしい夢を見た翌朝に起きる異変に悩まされていた。指に捲きついた長い髪の毛、全身にまとわりつく血の臭い。そして、悪夢の夜には必ず、近所で通り魔殺人事件が発生していた。

角川文庫ベストセラー

水やりはいつも深夜だけど　窪 美澄

思い通りにならない毎日、言葉にできない本音。それでも、一緒に歩んでいく……だって、家族だから。もがきながらも前を向いて生きる姿を描いた、魂ゆさぶる6つの物語。対談「加藤シゲアキ×窪美澄」巻末収録。

いるいないみらい　窪 美澄

いつかは欲しい、でもいつなのかわからない……夫婦生活に満足していた知佳。しかし妹の出産を機に、夫に変化が――(「1DKとメロンパン」)。毎日を懸命に生きる全ての人へ、手を差し伸べてくれる5つの物語。

宇宙エンジン　中島京子

身に覚えのない幼稚園の同窓会の招待を受けた隆一は、ミライと出逢う。ミライは、人嫌いだった父親を捜していた。手がかりは「厭人」「ゴリ」、2つのあだ名だけ。失われゆく時代への郷愁と哀惜を秘めた物語。

眺望絶佳　中島京子

自分らしさにもがく人々の、ちょっとだけ奇矯な日々。客に共感メールを送る女性社員、倉庫で自分だけの本を作る男、夫になってほしいと依頼してきた老女。中島ワールドの真骨頂!

アーモンド入りチョコレートのワルツ　森 絵都

十三・十四・十五歳。きらめく季節は静かに訪れ、ふいに終わる。シューマン、バッハ、サティ、三つのピアノ曲のやさしい調べにのせて、多感な少年少女の二度と戻らない「あのころ」を描く珠玉の短編集。

角川文庫ベストセラー

宇宙のみなしご　森　絵都

真夜中の屋根のぼりは、陽子・リン姉弟のとっておきの秘密の遊びだった。不登校の陽子と誰にでも優しいリン。やがて、仲良しグループから外された少女、パソコンオタクの少年が加わり……。

ラン　森　絵都

9年前、13歳の時に家族を事故で亡くした環は、ある日、仲良くなった自転車屋さんからもらったロードバイクに乗ったまま、異世界に紛れ込んでしまう。そこには死んだはずの家族が暮らしていた……。

気分上々　森　絵都

〝自分革命〟を起こすべく親友との縁を切った女子高生、一族に伝わる理不尽な〝掟〟に苦悩する有名女優、無銭飲食の罪を着せられた中2男子……森絵都の魅力をすべて凝縮した、多彩な9つの小説集。

クラスメイツ〈前期〉〈後期〉　森　絵都

部活で自分を変えたい千鶴、ツッコミキャラを目指す蒼太、親友と恋敵になるかもしれないと焦る里緒……中学1年生の1年間を、クラスメイツ24人の視点でリレーのようにつなぐ連作短編集。

リズム／ゴールド・フィッシュ　森　絵都

中学1年生のさゆきは、いとこの真ちゃんが大好きだ。高校へ行かずに金髪頭でロックバンドの活動に打ち込む真ちゃんとずっと一緒にいたいのに、真ちゃんの両親の離婚話を耳にしてしまい……。